Sonya
ソーニャ文庫

腹黒策士の溺愛ご隠居計画

栢野すばる

イースト・プレス

contents

プロローグ

五百年の歴史を誇るレンティア帝国の宮殿。

月のように輝く回廊を駆け抜けながら、アシュリーは背後を振り返る。

――追いつかれてしまう……。

「アシュリー様はどちらだ！」

「外にお出しするなよ、追え！」

衛兵たちの声が聞こえた。これではまるで捕り物ではないか。

――私、一生閉じ込められるの……？

そう思ったら、どうしようもなく腹立たしくなった。

アシュリーは十八歳、皇族においては末端も末端、母の名前さえわからず、皇帝本人からも『一応、心当たりがある』との理由で認知された、末っ子の第三十三皇女だ。

羽毛より軽く扱われていた『皇女』とはいえ、兄や姉、教育係に可愛がられて、平和に暮らしていた。

しかし、これからは兄や姉のように公務にはげもう、と希望に燃えていた。十六歳の誕生日に、人生は一変した。

父によって突然『お前はしばらく幽閉だ』と、理不尽な命令が下されたのだ。

アシュリーが幽閉されたのは、宮殿の離宮だった。

広くて庭もあり、温室も花壇もあるけれど、閉じ込められた当初は、何一つ手入れされていなくてひどかった。

――掃除してみたらそれなりに綺麗だったし、庭には花も木もたくさんあって気晴らしはできたけれど……それでも、ここに一人で閉じ込められるのは嫌だわ。

幽閉中のアシュリーを訪ねて来る人間はいなかった。

父である皇帝は『アシュリーは郊外で療養している』『病により、顔に斑点《はんてん》が現れてしまった。完全治癒するまで見舞いはしないでくれ』と説明しているようだ。

――直訴《じきそ》するしかない。末っ子の私のことをついつい忘れて閉じ込めっぱなしにしているのだとしても、いい加減終わりにしてほしいの。

どんなに大人しく我慢していても、父帝がアシュリーを『療養』から解放してくれる日は来ないだろう。

アシュリーは長い廊下を走りながら歯を食いしばる。

――絶対に幽閉を解いてもらうわ。

この広く由緒のありそうな離宮は、かつては皇太后や、それに準じる身分の高い女性の居室だったのだろう。それは、家具の意匠や壁紙の柄からよくわかる。

だが、キラキラ輝いて見える廊下や壁や天井は、埃でくしゃみが止まらなくなったアシュリーが、毎日磨《みが》きに磨いた成果なのである。来たときはとても汚れていた。

毎日掃除と絵の勉強……。大人しい振りをして、アシュリーは機会を狙っていたのだ。

——逃亡したいなら、相手が油断するまで待つのよ。

個人教師に教わった『兵法』を思い出しつつ、アシュリーは全力で『目的地』を目指した。

『大概の人間は必ず油断する。油断させるためには、徹底して降伏《こうふく》したフリをするんだ。いいね、僕の可愛いアシュリー』

アシュリーの個人教師の名は、レーニエ・ダルマン・アインスノアール。レンティア帝国の貴族の筆頭格の一つ、ダルマン家の当主だ。

男らしくも美しい顔をほころばせ、レーニエはそう教えてくれた。

——レーニエ兄様、お元気かしら。心配なさっているかな……？

レーニエはアシュリーに親身になって勉強を教え、色々な知恵を授けてくれた恩人であり、三歳の頃から十六歳まで、ずっと一緒に過ごしてきた個人教師なのだ。

血は繋がっていなくとも、アシュリーは彼を本当の兄のように慕い、愛している。

『勉強も作法も僕が全部教えてあげる。アシュリーは、僕だけを信じていてね。ずっと一緒にいるからね』

レーニエが、何度も繰り返してくれた約束を思い出す。

——本当にレーニエ兄様が教えてくださったとおりにしたら、護衛が減ったわ。兄様って昔から、何もかも見えているような人だった。

レーニエに習った『兵法』どおり、ひたすら大人しくしているアシュリーに油断したのか、常時たくさんいた見張りは、一人、また一人と減っていった。

そして十日前、とうとうその数は二人にまで減ったのだ。

以降、見張りはもう増えなかった。

脱出決行の日が来たのだと悟《さと》ったアシュリーは、できるだけ身を軽くするため、ペチコートを脱いで備えた。

淑女にあるまじきことだが、服を軽くし、動きやすくするためなので仕方がない。

——私が密かに欠かさなかった『木登り』の練習を役立てるとき……！

華やかな紫色のドレスを膝までまくり上げ、アシュリーは全力で走る。

このドレスは、幽閉区画に持ち込んだ一張羅《いっちょうら》だ。アシュリーの青色の瞳に合わせ、姉の一人が作ってくれた華やかな一着である。

半年ほど前、『幽閉が辛いの。たまには華やかに着飾りたいわ』と泣き真似《まね》をしたら、侍女が同情して届けてくれた。

結っていない金の髪は、全力疾走のせいでボサボサだ。

――壁の外に出して。普通の暮らしをさせて。家族やレーニエ兄様に会わせて……。

たとえ、母がどこぞの舞姫で、父帝のつまみ食いにより生まれた末端の姫君でも、ずっと閉じ込められるいわれはない。

『幽閉中、せめて大好きな絵の勉強をしたい』と望んだからといって、毎日毎日、分厚くて古い美術教典を読んで、基礎を学んで、そのとおりに絵を描いて、の繰り返しでは息が詰まる。

――ええ、事前に調べたとおり。あの壁なら登れそうだわ。

アシュリーは回廊の突き当たりにある、この区画と本宮殿を遮る壁に飛びついた。

そこだけ、他よりも少し壁が低かったのだ。

あとは懸垂《けんすい》の要領で壁を越え、父のもとへ一直線に走ればいい。

――私は、私の人生を奪われたくないもの……！

十四歳の頃から続けてきた、孤児院への慰問だってずっと止まったままだ。

病院の壁に花の絵を描く約束も果たしていない。それに……ずっと、レーニエにも会えていない。

こんな人生は、嫌だ。

「あっ、いたぞ、アシュリー様……って……何を！」

塀を乗り越えるときに脚と下着が丸出しになってしまったが、逃げる機会は今しかないのだ。気にしてはいられない。

兵士の声を無視して、アシュリーはジタバタしながら壁を乗り越える。向こう側の芝生に飛び降りて、再び全力で走った。

「どうやって乗り越えたのですか！　ネコですかーッ！」

兵士の悲鳴が壁の向こうから聞こえた。

レンティア宮殿はとても広い。

ここは宮殿の敷地の片隅だ。身を隠しながら父のもとにたどり着くには、小一時間はかかるかもしれない。

——生け垣の迷路に隠れて、目くらましをしながら逃げましょう……。

そして、人目がたくさんある場所に着いたら、堂々と父に面会を申し込むのだ。

アシュリーは、表向きはあくまで『病気療養中』のはず。幽閉などされていないことになっている。だから人前で捕まえて連行なんてできないだろう。

アシュリーは生け垣をくぐり、まっしぐらに父の玉座を目指した。

背後からは『見つかったか？』『早く連れ戻さねば！』という、焦った兵士たちの声が聞こえてきた。

荘厳《そうごん》華麗《かれい》なレンティア宮殿は、アシュリーが生まれ育った『家』なのだ。何百年も保たれてきた生け垣の迷路の道順は頭に叩き込んである。

兵士たちから必死で逃げ回り、アシュリーは何とか本宮殿の前までたどり着いた。

追ってきた兵士たちは、生け垣の回廊で迷って追いつけないようだ。

――ごめんあそばせ。

ぐしゃぐしゃになった髪から大量の葉っぱや小枝を払い落とし、アシュリーはしずしずと歩き出す。とはいえ、髪は乱れ、ペチコートのないドレスはぺたんこだ。

――とにかく不審に思われない程度に直して、と……。

アシュリーは髪を手ぐしで整え、一部は指先でくるっと巻いてごまかし、ドレスも適当にバサバサと広げた。

――多分これで何とかなったわ……。

「あっ、えっ……アシュリー殿下……？」

近衛兵が、第三十三皇女の姿を見かけて絶句する。療養中の皇女が、なぜこの場にいるのだろうと思ったに違いない。

だがここは本宮殿の第三大広間。

招かれた客がたくさんたむろしている場所だから騒ぎは起こせない。アシュリーはそれがわかっていて、わざわざここを目指したのだ。

――敵に追われているときは、中立の人間がたくさんいる場所に行き、とにかく一人にならないこと。これもレーニエ兄様に教わった兵法……。

アシュリーは堂々と一礼をして、本宮殿に入っていく。広大な第三大広間には、たくさんの貴族たちが笑いさざめいていた。

だが次第に、アシュリーの存在に気づいたように、『あれ、末の皇女様だよね』『見かけるの久しぶりじゃないか？』と囁き合う声が聞こえ始める。

貴族たちは、日々宮殿で催《もよお》されている音楽会や絵画鑑賞会などに顔を出しているのだ。

――皆がうらやましいわ。私も、幽閉されるまでは誰にも咎《とが》められることなく、毎日のように顔を出せたのに。どうしてこうなったのかしら……。

自由な日々を思い出すと悲しくなってしまう。

――でも負けないからいいの。

レンティアの歴代の皇帝たちは、ことのほか『芸術』の発展に力を入れてきた。

芸術家たちにとっても『宮殿で見ていただける』というのは大変な栄誉になるらしい。

今日はどんな芸術家が宮殿に顔を出しているのだろう。

だが、暢気《のんき》に物見遊山《ものみゆさん》をしている場合ではない。

急いで辺りを見回し、アシュリーはさっと柱の陰に頭を引っ込めた。

――まずいわ！

アシュリーの視界に、顔見知りの男の姿が飛び込んできたからだ。

灰色の髪と目に、引き締まった顔をした、かなりの男前だ。

しかし、アシュリーは彼の精悍《せいかん》な顔を見て、思い切り顔をしかめた。

――ケンツェン様にはお会いしたくない……。

ケンツェン・カトライト・アーベンは、名門カトライト家の長男で、帝国軍の総責任者であるアーベン公爵の嫡男だ。

年齢は、四十歳前後だったと思う。

ケンツェンはとにかく地味で真面目で、派手な噂は一切ない。誰に評判を聞いても『生粋の軍人』『帝国軍で働くのが生きがいらしい』としか言われない。人望もあるようだった。

だが、ケンツェンは昔から、父親であるアーベン公と仲が悪い。

アーベン公は、ケンツェンを「不肖《ふしょう》の息子」と言い切り、跡継ぎにする気はないと公言しているらしい。

——一人息子なのに、アーベン公から嫌われている理由は何なのかしら……皆、ケンツェン様を悪く言わないのに、公爵様だけが実の息子を嫌い続けていて不思議だわ。あ、でも、私はケンツェン様のことも、苦手だけれど……。

アシュリーがケンツェンを苦手に思う理由は一つ。

二年前、幽閉される直前、彼が突然アシュリーの前に立ち塞《ふさ》がり、面と向かって『俺と一緒に逃げてくれ』と言ってきたからだ。

びっくりしすぎて詳細は覚えていないが、間違いなく『一緒に逃げてくれ』と言われた。

——怖いわ……！　それって駆け落ちってことでしょう？　違うのかしら？　ううん、絶対にそうだと思うの……。

ケンツェンとは親子ほどの歳の差がある。

そんな年下の娘と駆け落ちしたいなんて、きっと少女趣味なのだ。危ないところだった。

——貴族の娘は恋愛などせず、親の決めた相手に嫁ぐって決まっているのよ。私の場合は、嫁がせる相手をまだ決められないといわれているけれど……でも絶対に独身のうちは殿方と二人で会話することすらダメなのに！

アシュリーは、文字も書けないくらいの幼い頃から、レーニエにこう言い含められてきた。

『僕以外の男性と二人きりになっては駄目だ。僕以外の男に触られたら、君は汚れてしまうんだから。絶対に駄目、わかったね？』

息を潜めてケンツェンが居なくなるのを待ちながら、アシュリーは過去のいきさつを思い返す。

——とっさに『あっ鳥がいるわ！』って叫んで、ケンツェン様によそ見をさせて逃げたのよね……。ああ、あのときは無事に逃げられてよかったわ。

不快感と恐怖を思い出し、アシュリーは目を伏せた。

しかし実は、この件は誰にも話していなかった。

いつもならレーニエに真っ先に報告したはずなのに、なんとなく話せなかったのだ。その理由は、もやもやしていて、自分でもよくわからない。

それ以降、ケンツェンに妙な話を持ちかけられることはなかった。

というよりも、すぐに幽閉されてしまい、ほぼ誰にも会わないまま今日に至るのだ。

——あんなに真面目そうな顔をして危険な殿方だわ。警戒しなくては。それに、アーベン公爵はお父様に全然従わないって聞いたし。

ケンツェンの父、アーベン公は帝国軍の関係者に多数の支持者を持つ大貴族である。文官の筆頭が拝命する爵位がアインスノアール公爵であれば、武官の筆頭はアーベン公爵。それは、百年以上前から変わっていない。

現アーベン公爵ゲオルグ・カトライト閣下は大変に権高《けんだか》な人物で、末端皇女のアシュリーには頭を下げることすらしない。それに父帝に対しても、反抗的な態度を改めない。武官貴族の崇拝《すうはい》を一身に集め、軍部には彼の息のかかった人間も多いから、強気なのだ。父帝の取り巻きの一部には、アーベン公爵の態度を失礼だと憤《いきどお》っている者も多い。特に左宰相カッテルソルは『イルダネル陛下絶対主義者』なので、アーベン公爵とは睨み合いを続けていると聞いた。

父帝が帝位を継ぐときも一悶着を起こしたと聞いた気がするが、皆、当時のことはあまり語りたがらない。皇帝派とアーベン公爵の仲はそれほどに険悪で、今でもうまくいっていないのだろう。

柱の陰から引き続き見守っていると、ケンツェンは体格の良い武官の取り巻きに囲まれたまま、どこかへ歩いて行った。

――あ、いなくなったわ、よかった。ケンツェン様に見つかったら、また変なことを言われそうだものね。

アシュリーは周囲を見回し、顔見知りだった貴族を見かけて声をかけた。

「ごきげんよう、マリット伯爵」

かつて姉の一人が、お気に入りの画家の鑑賞会を開いていた。彼は、その鑑賞会によく招かれていた伯爵だ。

「おや？　どなたでしたかな？」

不思議そうな顔をした伯爵が、ポンと手を打った。

「ああ！　アシュリー様でしたか！　お久しぶりでございます。ずいぶん様子が変わられていて、気づきませんでした。その御髪《おぐし》のお色も似合っておりますな、明るくて。今はよい染料があって、ようございます」

アシュリーの乱れた髪に目をやりながら、伯爵が言う。

——染めていないのだけど……やっぱりここ数年で、どんどん髪の色が濃くなっているのね。きっと、お母様がこんな色の髪をしていたのだわ……。

アシュリーは、幼児の頃は淡い灰金色の髪だった。レンティア帝国には、灰色系の髪の人間が多く、特に珍しくはなかった。

だが、歳を重ねるにつれてじわじわと色が濃くなり、今では昔よりも鮮《あざ》やかな色になってしまった。

特にここ数年の変化は著しく、現在の髪は、光の加減でやや灰色がかっても見えるが、金色が強い。

二年ぶりに会った伯爵には、染めたように見えたらしい。

「アシュリー様はご病気の療養で地方にいらしたのでは？」

ペチコートを身につけていないことを悟られないよう、ドレスを巧みにつまんでごまかしながら、アシュリーは笑顔で頷《うなず》いた。

「ありがとうございます、すっかり良くなって、宮殿に戻ってこられましたの」

次第に、かつて突然姿を消した末端皇女に目を留《と》めた人々が、興味深げに集まってくる。

「おや、アシュリー殿下ではありませんか」

「お久しぶりです、アシュリー殿下。お顔の色がよろしくて何よりですわ」

談笑しつつ様子をうかがうと、父帝の侍従長が大慌てで走ってくるのが見えた。アシュリーの脱走劇を聞いて飛んできたようだ。

「アシュリー様！　いかがされました!?　さ、こちらへおいでになっ……」

「病気が完治しましたので、お父様にご挨拶《あいさつ》に参りましたの」

アシュリーは、侍従長の言葉を遮り朗《ほが》らかに告げた。

これでいい。兵隊たちも仮にも『皇女様』を貴族たちの前で連行などできないはずだ。多分。

――勢いが大事。人は意外と人目を気にするものだってレーニエ兄様に習ったわ。

レーニエの教えを頭に浮かべながら、アシュリーは侍従長に告げた。

「お父様にご挨拶をさせていただきたいわ」

これで駄目なら万事休すだ。

頭痛を堪えるように額《ひたい》を押さえていた侍従長が、怖い顔で告げた。

「かしこまりました。それではアシュリー様、こちらへ」

「皆様とのお話が終わっていないから、お父様のお時間が空き次第、こちらから伺います」

このまま人目につかないところに連れて行かれ、兵士に引き渡されて、再び幽閉されたらたまらない。

苦虫を噛みつぶしたような侍従長の顔には『知恵の回る小娘め』と書かれてあるように見えた。

――今、私を守るものは皆の視線しかないのよ。

アシュリーは父帝の侍従長に背を向け、皆に挨拶を始めた。

乱れた髪を適当にさらっとかき上げてみたり、ぺたんと潰れるドレスを『旅装です』とごまかしたりしつつ、その場の人々にどんどん声をかける。

――油断せず、お父様がいらっしゃるまでこの場にしがみつかなければ……。

服装に関しては『療養から戻ってきたばかりなので』の一点張りでごまかし、要領よく社交の場に立ち続け、半時間ほど経っただろうか。

――レーニエ兄様はいらっしゃらない……わよね。だって成人なさってからはずっとお仕事で、こんなお遊びの場になんてほとんどお顔を出されなかったもの。私の個人授業のときはヨレヨレになってても駆けつけてくださったけれど……。

とにかくこの場では、なるべく多くの人に『アシュリーが療養から帰ってきた』と印象づけねば。そう何度も皇女を不自然に『療養』させるなんてできないはずだ。

何が何でも父帝を説得しなくては。

貴族たちと話を繋いでいたアシュリーは、周囲の様子に気づいて、はっとなる。

振り返ると、そこには近衛騎士団に守られたレンティア帝国の皇帝、イルダネルの姿があった。

父帝の傍らには、左宰相カッテルソルの姿もある。

陰気で何を考えているかわからないが、とにかく頭が切れ、皇帝のためならば何でもすると噂されている、恐ろしい男である。

アシュリーは、昔からカッテルソルが苦手だった。

カッテルソルは妾腹の皇女を軽んじているらしく、何を話しかけても冷たく対応されることばかりだったからだ。

しかし今はカッテルソルの陰気な眼差しに怯んでいる場合ではないのだ。

――こ、ここからが本番よ。何が何でも幽閉を解いていただかなくては。

アシュリーは、父の威厳《いげん》溢れる顔をじっと見上げた。

イルダネルは、レンティア帝国に多い灰褐色の髪に、同じく灰色の目をした偉丈夫《いじょうふ》だ。鍛え上げられた肉体を持っていて、五十を過ぎた今も逞《たくま》しく、緩《ゆる》み一つない。

黒の生地に金細工の紋章を飾り、緋色のマントを引いた威厳溢れる姿に、さすがのアシュリーも緊張で背筋が伸びる。

皆が場所を空け、皇帝に対する礼を取る。アシュリーも慌ててドレスの裾《すそ》を横に広げ、片脚を後ろに引いて頭を垂《た》れた。

「……『療養』より、よくぞ戻った」

皇帝の声はいつもと同じ、感情を感じさせない静かな声だ。

——でも怒ってる。私、わかるんだから。

大人しく頭を垂れたままのアシュリーに、父帝は告げた。

「お前は『病後』にもかかわらず、早速公務に就きたいと申し出ているようだな。侍従長からそのように話を聞いた」

どうやらアシュリーの脱走劇は、侍従長から父に奏上《そうじょう》済みらしい。

——きっと私が下着丸出しで壁を乗り越えた話もご存じなのだわ。……だけど絶対に幽閉され続けるのはいや。ここで引くわけにはいかない！

すまし顔で頭を下げたままのアシュリーに歩み寄り、父帝は静かな声で言った。

「顔を上げよ」

ぱっと顔を上げたアシュリーを見据え、父は続けた。

——やっぱり怒っていらっしゃるわ。

幼い頃から『こんなに手を焼かせる娘はお前だけだ！　なぜ宮殿の壁を越えて一人で外に遊びに行ったのだっ！』と、皇帝陛下自らの手で何度尻を叩かれたことだろうか。

気まずさを覚えるアシュリーに皇帝は低い声で告げた。

「ではお前に頼みがある」

アシュリーは思わず目を輝かせた。

「はいっ！　なんでもいたします！」

アシュリーは父の灰色の目をじっと見つめた。

「レーニエを覚えているか」

意外な名前にアシュリーはきょとんとなった。

「もちろんですわ。レーニエ兄様がどうかなさったのですか？」

不安を覚えて顔を曇らせると、父帝はアシュリーを見据えた。

「レーニエは右宰相への就任を辞して、公爵領アインスノアールに行ってしまった」

意味がわからず、アシュリーは首をかしげる。

帝国の貴族は皆、爵位に応じた領地を地方に持っている。領地で暮らす貴族もいるし、帝都で暮らし、代理人を送って統治させる貴族もいる。

レーニエは、ずっと帝都で暮らす方の貴族だった。

彼はレンティア帝国史上、最年少で宰相候補試験に受かった英才だ。

名門ダルマン家の嫡子で、才能に溢れ、将来を嘱望《しょくぼう》され、帝都一の貴公子として誰よりも輝いていたはず。

宰相候補として大事に育てられていた彼が、なぜ、帝都を離れてしまったのか。並み居る宰相候補を蹴散《けち》らし、今頃は右宰相の地位に就いて、ますます国のために励んでいると思っていたのに。

アシュリーが閉じ込められていた二年の間、レーニエに何があったのだろう。アシュリー一人を帝都に残し、どうして遠い領地へ引っ込んでしまったのか。

不安を覚えつつ、アシュリーは尋ねた。

「どうしてレーニエ兄様が？　……もしや、ご病気なのですか？」

「病気……だと本人は言っている」

父帝はそう言い、一瞬言葉を濁《にご》した。だが、すぐにいつもどおりの口調に戻る。

「何度帝都から召還要請を出しても、体調不良の一点張りで戻ってこようとしない。だが、密偵は『レーニエ・ダルマン・アインスノアールは毎日海釣りに出ており、健康そのもの。現地で医者にかかっている様子もない』と報告を上げてくるのだ。レーニエ本人に提出させている報告書とは、まるで病状が違う」

父帝はそう言って、かすかに眉間にしわを寄せた。

「だが私はレーニエの仮病を許そう。彼は、名誉も功績も欲することなく淡々と日々を過ごすのが好きなようだが……あれほどの逸材《いつざい》が、地方領の統治だけをして、才能を無駄に眠らせているかと思うと、どうにも私には勿体《もったい》なく思えてな。埋もれさせるのは惜《お》しい」

父帝の言うとおりだ。レーニエは本当に目立ちたがらないし、他の若者ならば声高に自慢したくなるような功績を挙げても、これまで一度も偉ぶったりすることはなかった。

賛同の意を示して頷くと、父は真面目な口調でアシュリーに告げた。

「お前は幼少時よりレーニエに可愛がられていた。お前の学問の個人教師もレーニエだったな。ゆえに、お前を……いや、お前だからこそ頼める」

何だろうと首をかしげたアシュリーは、次の瞬間、驚きで飛び上がりそうになった。

「アシュリー、お前に公務を命じる。私の名代としてアインスノアール領に赴き、レーニエを説得して連れ戻して参れ」

夢にまで見た『公務』という言葉が父の口から発せられた。

──お、お父様の名代！　この命令が果たせたらきっと、ちゃんとした皇族として認められるわ！

もう理由もなく宮殿の片隅に閉じ込められることもなくなるかもしれない。

「かしこまりました、お父様」

力強く答えたアシュリーを一瞥《いちべつ》し、父は肩を竦《すく》めて背を向ける。そして立ち去り際に、小さな声で言い残した。

「服装は改めるように」

やはりペチコートなしの姿に気づかれたようだ。アシュリーは恥じらいに頬を染めつつ、元気よく宣言した。

「レーニエ兄様に、帝都に戻ってくださるよう、誠心誠意お願いして参ります！」

アシュリーの心に、レーニエとの思い出が去来《きょらい》する。

三歳の頃からの個人教師で、遊びも勉強も何でも付き合ってくれた、実の兄より優しいレーニエ。

思い返せば、アシュリーの人生は彼との思い出ばかりだ。

七歳の頃『ごめんね、もうお風呂で君の髪を洗ってあげられない。淑女の身繕《みづくろ》いは侍女にお任せしなければね』と宣言され、他の人に頭を洗われるのは嫌だと大泣きした。

十歳になったときも、レーニエとの小さな別離に泣いた。

『アシュリーはお姉さんになったから、もう添い寝はしてあげられないんだよ。内緒でこっそり僕の部屋で寝るのも駄目だ』と言われて、大変な衝撃を受けたからだ。

しかし、丸一日べったり一緒にいられなくなっても、レーニエはアシュリーの『一番近しいお兄様』であることに変わりはなかった。

困ったときは、レーニエが必ず助けてくれたからだ。

年頃になり、アシュリーが物好きな貴公子たちに言い寄られたときだって、レーニエに報告すると、いつの間にか、その困った殿方たちは居なくなっていた。

『アシュリーが嫌な思いをするのは僕も嫌なんだ。だから、困った人間が居なくなるよう神様にお祈りしたんだよ』と微笑んでくれるたび、アシュリーはとても安心したものだ。

レーニエは『神童』と呼ばれていただけあって、お祈りの力もすごいのだな……と。

きっとレーニエなら、アシュリーの訴えを聞いてくれるはずだ。

——レーニエ兄様に帝都に戻っていただけるよう、頑張ってお願いしよう。

アシュリーは、そう心に誓うのだった。

第一章

レーニエ・ダルマン・アインスノアールは、三歳になったばかりの幼女を前に、ぼんやりと佇《たたず》んでいた。

「今日は、この子の件で話がある」

蛇《へび》のような目をした痩《や》せた男が、レーニエに言った。彼は、左宰相カッテルソル。皇帝イルダネルの腹心で、彼の皇帝位を守ることしか考えていない男だ。

——この子も、新王朝の犠牲者か。

レーニエは、幼女を前にかすかにため息を吐いた。

十一歳にして、もう、一生分の悲しみを味わい尽くした気がする。そう思い、無意識に下腹部の辺りを押さえた。

そこには、『刺青《いれずみ》』がある。忌まわしい形で、一生人前で服を脱げないような刺青だ。

——刺青……とっても痛かった……。

三年前、左宰相カッテルソルはレーニエにこう言った。

レーニエからは、幼いながらも殺すには惜しい才気を感じる。よって監視の下《もと》、帝国の道具として生かす。帝国に従うならば、父の犯した『罪』も不問に付すと……。

——僕は、わかりました、助けてください、って、カッテルソル様に答えてしまった。だって、死にたくなかったから。絶対に嫌だったから……。

カッテルソルはレーニエの服従を認め、身体に忌まわしい刺青を刻んだ。

この刺青がある限り、レーニエは自由な結婚はまずできない。貴族の娘は『夫』の身体にこの刺青を見つけたら、初夜の床から逃げ出すだろう。もちろん、結婚は破談になる。

表向きは名門公爵家の若き当主であっても、その実体は、カッテルソルに首ねっこを押さえられた哀れな飼い犬なのだ。

——思い出して嫌な顔をしては駄目だ。カッテルソル様に不審がられては面倒だし。

レーニエは無表情のまま、カッテルソルの次の指示を待った。

「この子がアリスティア嬢だ、レーニエ君。まだ三歳だから、おそらく間に合うだろう。だが……もし間に合わなければ、陛下に改めてこの子の処分を奏上せねばならない」

そう言いながら、抱いていた『アリスティア』と呼ぶ幼女を床に下ろし、左宰相カッテルソルは腕組みをした。

カッテルソルは、玉座の左に控える『左宰相』として、皇帝に政策を奏上する重要な役目を担っている。

レンティア帝国は広大な領土を守るため、宰相を二人置いて、より公平で精度の高い政治を目指していた。

だが、新王朝が始まって以降は右宰相が空席のままで、カッテルソル一人が宰相職を担っている状態なのだ。

レーニエは、刃のように怜悧なカッテルソルの横顔を盗み見る。顔立ち自体は若いのに、四十そこそことは思えない老いた眼差しをした、不気味な男だ。

何人もの貴族がイルダネルへの謀反を企み、カッテルソルによって処分されてきた。

それだけではない。将来イルダネル帝の障害となり得る若者たちでさえも、カッテルソルの狩りの対象だ。

『新王朝の皇帝イルダネルは簒奪《さんだつ》者だ』と持論をぶち上げた法学者の卵たちが、カッテルソルの手により投獄され、未来を閉ざされたとも聞いている。

『陛下は帝国の貧民たちの光なのだ。愚劣なる先代王朝が見捨てた貧者に目をかけ、下らぬ身分制度を壊し、よりよい世界を作り出してくれる光。その光を妨げるものは、子供であっても容赦はせぬ』

それがレーニエに向けられたカッテルソルの言葉だ。

カッテルソルは『ドブネズミ』と呼ばれる最貧困層の子供として生まれ、苦学のさなかに若きイルダネルに目をかけられた人物だ。

イルダネルの支援により、カッテルソルは天才法学者としての階段を駆け上がり、帝国の文官の頂点にまで上り詰めた。

今でもひたすら、『救い主』のイルダネルにのみ忠誠を捧げている。

――左宰相様は、能力が高すぎる人間を警戒する。たとえ子供でも……。だから、目をつけられてはいけない。カッテルソル様から不安要素と見なされないようにしなくては。必要以上に知恵が回ると判断されたら、危険要素として殺される。

そう思うと、ぞくっと身体が震えた。

「お前にこの子の再教育を頼みたい。『事情』を知る貴族の大半は、もうこの子の消息などろくに尋ねようともしないが……それでも念のためだ。『アリスティア嬢はひどい風邪がもとで急死した』と公示を出すことにする」

――カッテルソル様は、本気でこの子の記憶に別人の人生を刷り込む……と……？

レーニエはごくりと息を呑む。

床に立たされた少女は、グズグズと泣いていた。

部屋にいるのはレーニエとカッテルソル、そして幼女の三人だ。

「お前がつきっきりで、この子に『アシュリー第三十三皇女』としての人生を歩ませろ。失敗したら、最悪、殺さねばならない」

――殺すなんてひどい……まだこんなに小さいのに……？

レーニエは何も言えず、そっと幼女を見つめた。カッテルソルの上着の裾を握りしめ、幼女はえぐえぐと泣きじゃくっている。

「ねえやは？　ねえやは……？」

カッテルソルはその子を宥めもしない。

胸が痛くなり、レーニエは少女の前にしゃがみ込み、優しく声をかけた。

「はじめまして、ごきげんよう、アシュリー」

幼女は、大きな青い瞳に涙をため、レーニエに言い返した。

「アチュリーじゃない！　ティアは、アリシュ、ティア……アリチュティア！　ねえや、ねえや！」

——やっぱり、もう自分の名前を言えるじゃないか……。どうすればいい？　今更、『アリスティア』という名前を忘れさせるなんてできるのかな。

だが、この子はまだ三歳だ。適当に話を合わせ、ゆっくり『教育』すればいい。

そう思いつつ、レーニエは明るい声で言った。

「ねえ、二人でお姫様ごっこをしない？」

「なあに？」

しゃくり上げていた『アシュリー』が不思議そうな表情になる。

気を引くことに成功した。

レーニエは楽しげな声で、『アシュリー』に語りかける。

「ここは魔法のお城なんだよ。魔法のお城で遊ぶには、新しい名前が必要なんだ。君の新しい名前は『アシュリー』。そして、僕はお姫様のお友だちのレーニエ」

ぱちくりと瞬きをしたアシュリーの手を取り、レーニエは優しく言った。

「君も僕も、素敵な名前だろう？」

アシュリーは素直に頷く。

何もかもを信じ切った素直な態度に、レーニエの心が再びざわりと騒いだ。

「ここでは、君のことを『アシュリー』って呼ぶからね？　そう呼ばないと、君がお姫様になる魔法が解けてしまうから」

「……まほう……？」

「そうだよ、お姫様になる魔法だよ。僕は実は魔法使いの卵なんだ。君をお姫様にする魔法が使える」

そう言って、レーニエは『子供だまし』のために用意した手品の道具を取り出す。手から引き抜くとハンカチの色が変わる安直な品だ。だが、目の前で赤から白に変わったハンカチを見て、アシュリーはぱっと目を輝かせた。

「しゅごい！　まほうだ……！」

レーニエは微笑み、素直なアシュリーの手を取り、立ち上がった。

「隣の部屋を見てみようよ、お姫様」

泣きやんだアシュリーは、素直にちょこちょことついてきた。レーニエは控えの間の窓から庭を指さし、明るい声で告げる。

「ほら、この宮殿はお花がたくさん咲いているんだよ」

アシュリーは瞬きもせずに、あらゆる色に彩られた華麗な大庭園を凝視している。

「このお城がアシュリーの新しいおうちになるんだけど、気に入ったかな」

「ねえ、レーニエしゃま、ここは、おしろ……？」

「ああ、そうだよ」

笑顔で頷くと、アシュリーは窓ガラスに顔をくっつけ、歓声を上げた。

「しゅごい……おはな、いっぱい。みて、レーニエしゃま」

「アシュリー、ずっとここで、僕と一緒にお姫様ごっこをしない？」

幼いアシュリーは、窓の外の光景に見とれて身動きもしない。

レーニエは、真剣そのものの小さな姫君に向けて語りかける。

「次はどうする？　ドレスを着るかい？」

「ティア、おにわにいく！」

どうやら庭の花々が気に入ったようだ。アシュリーはレーニエを見上げ、もう一度繰り返した。

「おにわで、おはな……みよう！　ティアは、おにわにいく！」

レーニエは首を横に振り、指を唇の前で立ててみせた。

「その名前を口にすると、お姫様になれる魔法が解けてしまうよ」

アシュリーは、はっとしたように小さな手で口を押さえる。

愛らしい淑女は、レーニエとお姫様ごっこを続けたいようだ。

「えっと、アチュリー……？」

小さな姫君は、たどたどしい言い方で新しい名前を復唱する。

「レーニエしゃま、アチュリーは、おにわに、いきたい……でしゅわ」

「かしこまりました、可愛いお姫様」

レーニエの言葉に、泣き顔だったアシュリーがニッコリと笑った。

背後から、感心したようなカッテルソルのため息が聞こえた。

「ほう……君に任せて正解だったかもしれないな」

レーニエはカッテルソルの呟《つぶや》きには答えず、笑顔のアシュリーの前にかがみ込む。

「いい子にしていれば、ずっと魔法は解けないからね」

「うん、ティアは、アチュリーひめさまになる。いいこに……ちてる……」

たどたどしい口調でそう言って、アシュリーが小さな手でレーニエの手をぎゅっと握った。幼い丸い顔には、安心したような表情が浮かんでいる。

レーニエを信用してくれたようだ。

——ごめんね、この場を収めるための方便に過ぎない優しさなのに。

不意に翳《かげ》ったレーニエの顔が不思議だったのか、アシュリーはレーニエの顔を覗き込み、小さな唇を開いた。

「ねえ、おなかすいた？　ねえやに、おやつくだしゃい……する？」

もうねえやのところになど帰れない。そのことをアシュリーは知らないのだ。

レーニエは真実を呑み込み、アシュリーの気を逸《そ》らすように明るい声で言った。

「お庭でお茶会をしようか」

そう言って手を取ったまま立ち上がると、アシュリーはぱっと顔を輝かせた。

「いきましゅ……わ」

これからレーニエは、この子の人生を塗りつぶす。

アシュリーはまだ三つだ。どんなに泣いて、ねえやに会いたいと言っても、いずれ忘れてしまうだろう。

それが帝国の望み、皇帝イルダネルの望みなのだから……。

――ごめんね……アシュリー……。僕がずっと一緒に居てあげる。罪滅ぼしにもならないけれど……僕が……守ってあげるから……。

レーニエは、アシュリーと繋いでいない方の手をぎゅっと握る。

その拍子に、不意に周囲の世界が真っ暗になった。

「アシュリー……？」

掌の中からアシュリーの小さな手が消えた。レーニエは慌ててアシュリーのちんまりした姿を捜す。

「どこに行ったの、アシュリー……出ておいで」

――夢だから、落ち着け。

不意に、大人になった自分の声が頭の中に響く。

場面が突然切り替わった。

目の前にいるのは皇帝イルダネル。

気づけばレーニエは、夢の中で、皇帝イルダネルの私室に通されていた。

この夢は現実にあったことだ。二年前、レーニエが『引きこもり』になる直前の一幕に違いない。

「アシュリーは幽閉する。理由はわかるな」

レーニエは表情を変えず、淡々とイルダネルに尋ねた。

「幽閉されている限りは、アシュリー様の御身《おんみ》は安全なのでしょうか」

驚くほど平静な声が出た。

「わからぬ。あの子が大人しくしている限りは、おそらくは……。だが、あの子を利用しようとして、『あやつ』が軍の有力筋に、よからぬ働きかけを始めていてな」

イルダネルは疲れ切った顔を大きな手で覆う。

「あの子をどこに隠せば安全なのか、もうまるで思いつかない。普通に嫁がせ、普通に幸せにしてやる道すらもはや見当たらぬ……」

苦渋に満ちた声音だが、レーニエの心はさほど動じなかった。

「では、アシュリー様の今後は、僕が引き受けます」

「レーニエ？　何を言っておるのだ」

驚くイルダネルに、レーニエは首を横に振ってみせた。

「私はアインスノアールに戻り、隠居して暮らすことにします。『あの昼行灯《ひるあんどん》は一生釣りに興じておしまいだな』と嘲笑《ちょうしょう》されるような存在になり果ててみせましょう」

レーニエの言葉に、イルダネルは頭痛を堪えるように眉をひそめた。

「二年も経てば古狸《ふるだぬき》共も油断し、レーニエ・ダルマンは無力な引きこもりになったと思い込むでしょう。その頃に、アシュリー様を僕のもとへ送っていただければ結構です。かの地で僕が一生保護します」

レーニエの言葉に、イルダネルは首を横に振った。

「何をバカな、レーニエ。お前ほどの人材をそんなことのために……いや、確かにアシュリーのことは可愛いが、お前ほどの逸材とは比較にならぬ」

「アシュリー様は、ある意味僕以上の『火種《ひだね》』でございましょうに」

レーニエの返事に、皇帝がぐっと言葉に詰まる。

「そうではありませんか？」

「しかし……それでは、これから花開こうとしているお前の人生が……」

「僕の人生……？　そのようなものは、どうかお気遣いなく。引きこもりの変人釣り人《びと》生活もきっと楽しいですよ……」

皇帝の前とも思えない冷めきった声が出た。

――やはり陛下は、カッテルソル様がなさった所業《しょぎょう》を、一部ご存じないのだな。『刺青』は、やはりカッテルソル様の暴走か……。

納得すると同時に、レーニエはため息を押し殺す。

――カッテルソル様の努力は、陛下のために、あらゆるものを不幸にするからな……。

レーニエは十代の頃『右宰相候補生』として、カッテルソルの指示のもとで不穏分子の洗い出しに従事していた。あらゆる新聞や議事録、人の噂をかき集め、その発言を分析し、イルダネルに抗《あらが》う人間をあぶり出す作業だ。レーニエの出す『結果』は、カッテルソルに警戒されない程度に正確で、それなりの数のイルダネルの敵を見つけ出した。

――うまくやりすぎても警戒されて、僕の命がないからな。阿呆《あほう》でも優秀でも命がない。あの人のもとで働くのは本当に疲れるよ……。

その洗い出し過程において、レーニエは、ここ数百年の間に支配下に置いた少数民族の意識に、危険要素があることに気づいたのだ。

レンティア帝国は『多数の小国』を併合《へいごう》して一つの国とした集合体の国家である。

歴史も考え方も違う『異民族』への気配りを忘れれば、彼らは『自分たちの文化がレンティア帝国に踏みにじられた』と怒りをぶち上げ、抗議行動を起こす。

だから、文化の多様性についても『明示的な保護』が必要だった。

『政権の不安要素排除のため、新しい法律の草案作成の許可をください』

カッテルソルの許可を得て、レーニエは早速動いた。

起案から携わった『少数民族文化保護法』は、三年前に無事施行された。

この新法は、大半の貴族からは興味を持たれなかった。

だが、実際に『ご先祖から続けてきた刺青を、帝国に禁止されて辛い』『なぜ神送りの儀式で聖なる山を燃やしてはいけないのか。昔から受け継がれた鎮火の技がなくなる』などと嘆《なげ》く少数民族の人々は、この法律を大歓迎してくれた。

帝国法によって禁止された伝統行事を、罰金なしで実施できると。

――右宰相候補を辞める前に、あの法案を通せてよかったな。『有意義』だった。

少数民族文化保護法の立案を最後に、レーニエは帝都を離れた。

大学の教授や、レーニエの親族たち、それにレーニエの地味な改革に価値を認め、力を貸してくれた数多くの役人や貴族たちは皆、口々にレーニエの引退を嘆き、帝都に残って右宰相になれ、と引き留めてくれた。

隠居なんて早まるな、君の不在は、レンティア帝国にとって大きな損失だ……と。

『これから帝国を導いてくださるのは、アインスノアール公爵しかいらっしゃらない』

『もしかして自覚がおありでないのでしょうか。レーニエ様ほど知性と教養のある貴族を私は他に存じ上げませんよ』

あれから二年、レーニエは『宰相候補を辞退した引きこもり』として、存在せぬがごとくに暮らしてきた。おそらく、政敵だった人々は『レーニエ・ダルマンはすっかり駄目になったな』と噂していることだろう。

それでいい。油断されて嘲笑されるくらいでちょうどいいのだ。凡百《ぼんびゃく》の者たちの褒《ほ》め言葉や評価など欲しいと思ったこともない。

どこかから、ざぁん、ざぁん……と、波の音が聞こえてくる。

ゆらゆらと揺られながら、レーニエは目を開ける。刹那《せつな》、眩《まぶ》しすぎるほどの陽光が、レーニエの目を焼いた。

ここは、漁船の甲板《かんぱん》。レーニエの特等席だ。

──また寝てしまったか。船の上って、気持ちがいいからな。

レーニエは、顔に塗りたくった日よけの軟膏《なんこう》を無意識に拭《ぬぐ》う。

──さて、釣りの続きだ。

むくりと起き上がったレーニエは、釣り船の甲板で上半身を起こし、伸びをした。その拍子に、胸元から変わった意匠の飾りが転がり落ちる。

──あれ、持ち歩いていたっけ。まあいいか……。時々思いもしない場所から現れるんだよね、これ。不思議な飾りだな。

この飾りは、数年前、少数民族バルファ族の長からもらった。

『少数民族文化保護法』を通したレーニエへの感謝の品なのだそうだ。

バルファ族の長は『これは幸運を呼ぶ飾り。お前とバルファ族の間に、信頼と友情が成立した証だ』と言っていた。

帝国に最後まで牙を剝き続けた孤高の騎馬民族から『盟友の印』を受け取った文官貴族は、世界広しといえどもレーニエだけだろう。

盟友の印は、木の板と一緒に、金箔《きんぱく》で飾った小さな骨の一部をぶら下げた代物だ。

木の板の表には赤い文字で『お前は俺の友』、裏には黄色の文字で『感謝・少数民族文化保護法ありがとう』と書かれている。

全てが族長の手作りで、骨は戦士だった彼の祖父の骨だという。バルファ族以外の人間にあげるのは勿体ないほど貴重で尊い品なのだそうだ。

――いつ見ても……微妙な……。

だが、気持ちはありがたい。レーニエはこれに、倉庫の鍵を紐《ひも》で結びつけ、普段は引き出しに入れている。

――彼らにもこの先色々と動いてもらわないとな、ああ……この世から陰謀《いんぼう》なんてなくなればいいのに……。

掌の中で飾りを転がし、あくびをしたレーニエは、肩を叩かれて振り返った。

「レーニエ様、あと一時間くらいで船を戻してよろしいですかね」

漁船の主で、網元の息子のノーマンに声をかけられ、レーニエはうん、と気の抜けた返事をしながら、もう一度きらめく海に視線を投げかけた。

海は不思議だ。

まるで自分の姿を見せまいと、このきらめきで幻惑しているかのように思える。

海の底には何が沈んでいるのだろう。

どれほど目を凝らして覗き込んでも、海は底を見せてはくれない。そのうち海自身も、自分が何を呑み込んでいるかわからなくなるに違いない。

――僕ももう、何を腹に収めたのかわからなくなってきた。

レーニエが薄い笑みを浮かべたとき、帰港作業を始めようとしていたノーマンが、陸の方を見ながら言った。

「あ、レーニエ様、帝都からの遣いが来たみたいですね。狼煙《のろし》が上がっています」

レーニエは目を凝らす。

遠い港の方から、確かに白い煙がうっすらと上がっていた。

「急用なんでしょうかねぇ？」

――カッテルソル様の遣いであれば、あんなふうに堂々とはやってこないはずだ。

面倒臭いな、と思いつつ、レーニエは頷いた。

「ああ、わざわざ狼煙で知らせたということは、急ぎかな。帰りたくないなぁ」

憂鬱な表情のレーニエを見て、ノーマンは明るく笑った。

「アストンさんに怒られますよ」

からかい半分のノーマンに、レーニエはますます苦い顔になる。アインスノアール公爵の私有騎士団の団長だった『侍従長』アストンは、今でも怒るととても怖い。

レーニエに対して本気で怒れるのは、幼少時からの『躾《しつ》け係』だった彼だけだ。

「怖いこと言わないでくれよ。ますます気が滅入るじゃないか……」

レーニエのぼやきを面白がるように、ノーマンは大きな声で宣言した。

「じゃ、港に戻りますね」

◆

「レーニエ兄様は海にお出かけなの？　では、お一人でお散歩できるくらいにはお元気なのね、よかったわ……！」

やはり、皇帝が言うようにレーニエは仮病らしい。だが、元気と知ってほっとした。

優しく繊細なレーニエのことだ。きっと激務で心が疲れていて、少しお休みをしたかっただけに違いない。

アシュリーがここに残って話し相手になり、元気になってもらえるよう誠心誠意尽くせばいいのだ。

そうすれば、レーニエも元気になって一緒に帝都に帰ってくれるはずだ。

「では私、港に行ってまいります。レーニエ兄様をお迎えに」

半月近い旅路をものともせず、アシュリーはいそいそと立ち上がる。

「お待ちください、アシュリー様。仮にも皇帝陛下の遣いが、気軽に訪問先の人間をお捜しに出るものではございません」

レーニエの侍従長アストンの指摘に、アシュリーは『それもそうだわ』と思い直す。

アストンは、長年ダルマン家に仕える家の出らしい。

若い頃はアインスノアール公爵の所有する騎士団の団長を務め、四十歳ほどで後進に道を譲ったあとは、レーニエのお目付役となった。

現在の職務は、ダルマン家の侍従長だが、現役騎士団長の頃と同様に規律正しく、広大な領地の管理や、公爵家の慶弔《けいちょう》、社交の全てに関して監督責任を負っている。

アストンは、レーニエが世話をしていたアシュリーのことも知っていて、『お元気なのは結構ですが、木登りは危ないから駄目です』と叱られたことが何度かある。

――そうね、皇帝の勅使だもの。威厳も大事だわ。

アシュリーはそう思い、素直に頷いて椅子に腰かけ直した。

「わかったわ」

「淑女になられたお姿をレーニエ様に披露できる絶好の機会なのですよ。幼いままでどうします、勿体ない。せっかく病が奇跡的に癒《い》え、これから花咲く年頃だというのに」

――アストンさんも、私が顔がぐちゃぐちゃになる病気だったと信じているのね。本当は幽閉されていただけなのだけど……。

父からは『誰にも幽閉の話はしないこと』と釘を刺されている。

理由はわからないが、アストンにもレーニエにも、あの謎の幽閉期間のことは話せないのだ。逆らったら何をされるかわからないので、口をつぐんでおかねば。

アシュリーはため息を吐き、念のため己の服装を検《あらた》めた。

大丈夫なようだ。馬車を降り、この部屋に来るまでに、随行の侍女たちがアシュリーのドレスの緩みを直し、帽子で崩れた髪も整えてくれた。

今朝、宿で選んだ矢車菊《やぐるまぎく》の花が刺繍《ししゅう》されたドレスは、帝都を出るときに姉の第二皇女が贈ってくれたものだ。

裕福な大貴族の夫を持つ第二皇女は、妹たちに贈り物をするのが趣味で、異母妹で末端皇女のアシュリーにも良くしてくれる。

第二皇女はアシュリーにドレスを着せ、『似合うわ』と満足げな顔をしつつも、呆れたように言っていた。

『原因不明の大病だったんでしょう？　でも顔に痕が残らなくてよかったわ……。それなのに、アシュリーったら、回復してすぐに旅に出るなんて。荷物の中に恋愛小説を入れておいてあげるから、馬車の中や宿では、安静にしてこれを読んでいるのよ？』

第二皇女は、正妃の産んだ娘だ。

皇帝には六十人近い子供がいるが、正妃が産んだ子は七人だけ。他は『皇帝の養子』で、アシュリーは『妾腹の皇女』である。

正妃の子供たちほどの高い地位はなく、養子たちほどのずば抜けた才覚もない。

父は『子供には多くの選択肢が与えられるべきだ』と、貴族の養子制度の見直しや支援に力を入れ、自らも才能のある孤児たちの中から、希望する者を多く引き取った。

そして、未来の帝国を支える優秀な人材として育成している。

アシュリーが三十三番目の娘なのは、養子の数が多いからなのだ。

――私のお母様は、宮廷に芸を披露しに来た踊り子だったとか。あれ？　女優さんだったかしら？　お父様、毎回言うことが違うし、結構適当なのよね……。

母のことを考えると、自分の出自に改めて思いを馳せてしまう。

同時に、閉じ込められたのは母に原因があるのかもしれない、と想像してしまうのだ。

――素性のわからない女の人が産んだ娘だから、やっぱり皇族として遇するのが難しくなったのかしら。だから、私だけ閉じ込められたの？

だが、わざわざ幽閉などという手間をかけた理由がわからない。

アシュリーを皇族から除名したければ、簡単にできただろうに。

『かろうじて皇帝の娘かな？　皇帝本人が認知したからそうなのかな？』と扱われる程度で、権力とは無縁の存在なのだから……。

――お兄様やお姉様をそれとなく探ってみたけど、私が幽閉された理由は全然わからなかった。お父様に聞いて、藪蛇《やぶへび》になって、幽閉生活に逆戻りするのはごめんだし……。

皇帝からは『勅使に出るまでの間、皇帝家専用の領域から出ないこと。皇族の人間以外と会わないこと』と厳命されていた。

もちろん、再幽閉は絶対に嫌なので、姉たちに差し入れてもらった大量の恋愛小説と共に、ずっと大人しく部屋にこもっていたけれど……。

どうして幽閉されたのかわからないままで、心の奥底がそわそわするのだ。

――でも、この仕事が終わったら、ちゃんと皇族として迎えるって約束してくださったもの。お父様は嘘なんて吐かないわ。大丈夫よね。

ぼんやりとしていたアシュリーは、かすかに聞こえた足音にはっと顔を上げた。

「レーニエ兄様だわ！」

耳のいいアシュリーは、軽やかな足音に思わず立ち上がった。

「アシュリー様」

だが、アストンに咳払いと共に軽く叱責され、慌てて腰を下ろす。

——子供のような真似をしてしまったわ。淑女は静かに……。

扉に駆けつけ、懐《なつ》かしのレーニエに飛びつきたいのを堪える。足音はあっという間に止まり、扉が静かに開かれた。

「これはこれは、わざわざアインスノアールにお越しいただき、誠にありが……」

「兄様！」

あれほど注意されたことも忘れ、アシュリーは勢いよく立ち上がる。

「え、あ……アシュリー？」

目を丸くするレーニエは、昔より少し日に焼けていたが、とても美しいままだ。

たちまち、アシュリーの胸が憧れと懐かしさに高鳴る。

レーニエは何もかもが特別な貴公子だったが、平民のような服装も素敵に見えた。

——レーニエ兄様、前より男らしくなられたみたい！

腕まくりも似合う。兄たちは『袖を折ってまくるなんて品がない。あれは、庭師がすることだ』と顔をしかめるが、精悍な雰囲気をまとったレーニエにはよく似合っている。

風雅で華麗な『アインスノアール公爵』の姿しか知らないアシュリーには、アインスノアールの街で暮らすレーニエの姿がひどく新鮮に見えた。

久々の自由、初めての公務、再会した懐かしの『先生』、美しい海の街。

あまりの高揚感に、アシュリーの声はうわずった。

「私が使者なのです！　私が来ました！　兄様！」

レーニエは、信じられないものを見るかのように、アシュリーの姿を凝視している。

今までのレーニエなら、長い別離のあとは、すぐにアシュリーを抱きしめ『元気にしてた？　僕がいないときに悪戯《いたずら》していないよね？』と笑ってくれたのに。

――どうしたの……兄様……なぜそんな怖いお顔を……？

微動だにしないレーニエの様子にアシュリーは不安を覚える。まるで死人を見たかのような驚きようではないか。

だが不意に、驚きに凍り付いていたレーニエの唇が、かすかに動いた。

――えっ、今、なんておっしゃったの？『なるほど』って……言った……？

不思議な言葉に、アシュリーは小首をかしげた。

何が『なるほど』なのだろう。それに、氷のような無表情はいったいどうしたことか。

だが、疑問に思ったのもわずかの間のことだった。

無表情だったレーニエはたちまち破顔し、大股で歩み寄ってきて、アシュリーに晴れやかな声で話しかけてきた。

「アシュリー！　久しぶりだな」

「はい、兄様。私が皇帝陛下の使者なの」

「それはさっき聞いたぞ」

冗談めかした明るい口調も、アシュリーの記憶にあるレーニエのものだ。

──よかった。違和感を覚えたのは気のせいだったのかも。

アシュリーはほっとして、昔のようにレーニエに無邪気に飛びつく。

「お会いできて嬉しいわ！　レーニエ兄様……！」

すると、レーニエも笑いながら腕を伸ばし、力いっぱいアシュリーを抱きしめてくれた。

だが、身体が密着する抱擁に、アシュリーは当惑した。

──あ、あら……？　ちょっと……胸、当たりすぎの……ような……。

小さい頃は力いっぱい抱きしめられても、何も思わなくて嬉しいだけだった。

けれど、自分の体格はこの数年で大きく変わったのだ。

そう思った刹那、アシュリーの頬が耐えがたいほど熱くなる。

──え……何……顔がジリジリする……相手はレーニエ兄様なのに……。だめ、私、多分、恋愛小説を一気に読みすぎたんだわ。

いつもならきゃあきゃあはしゃぐアシュリーがやけに大人しくて、不審に思ったのだろう。レーニエは美しい顔を傾け、不思議そうにアシュリーを覗き込んだ。

灰色の瞳が、ほんのりと青く輝く。

「どうした？」

アシュリーは彼の身体をぐいと押しのけ、顔を背けた。

「な、なんでもありま、せん！」

「わかった、照れているんだな？　久しぶりに見た僕がいい男だから。そうだろう？」

レーニエの冗談に、周囲の人々がどっと笑った。

人々の笑い声の中、レーニエが紳士的な仕草でアシュリーの手を取り、甲に口づける。

――どうしよう、レーニエ兄様が私の記憶と違う気がするわ！　こんな冗談、兄様は昔もおっしゃっていたかしら？　だめ、顔が熱くなっちゃう……っ！

レーニエの魅惑的な雰囲気に、アシュリーは腰が抜けそうになった。

「こちらを向いて」

レーニエに顎をつままれ、無理やり振り向かされて、アシュリーは真っ赤な顔のまま彼の目を見つめ返した。

「ん……疲れたのかな？　少し休もうか。あちらの露台《ろだい》に行こう、海が見えるよ。皆も長旅で疲れているだろう。部屋を用意するから、夕食の時間まで寛いでいてくれ」

堂々としたレーニエの指示に、アシュリーに付き従ってきた人々の空気が緩んだ。

「二人で話をしてくる。何かあったら気にせずに呼んでくれて構わない。さあ、おいで、アシュリー」

アシュリーはレーニエに手を取られ、ふらふらと歩き出す。その手をぎゅっと握り込まれ、アシュリーは再度赤面した。

――に、握るなんて。いつもは私の手を、兄様の手にのせるだけだったのに……。それに、兄様って、こんなに大きな力強い手だったかしら……。

広い背中は昔のまま変わらない。けれど、久しぶりに出会ったレーニエは、アシュリーが知る誰よりも男らしく見えた。

レーニエが連れて行ってくれた露台は、公爵邸の二階にあった。

この屋敷は警備が少なく、上質な設《しつら》えだが質素で開放的だ。

――柱が木なのね。すごい、初めて見たわ。折れないのかしら？

熱い身体をごまかすため、周囲をキョロキョロ見回していたアシュリーは、レーニエに肩を抱かれ、ぴくんと跳ねた。距離がとても近い。昔触れ合っていた頃より近いのだ。

「こっちだよ」

「あ……あ……あ……はい……」

露台に向けて歩きながら、アシュリーは意味不明な声を出してしまう。

どうしてこんなに恋人同士のように寄り添うのだろう。

「ほら、ごらん、あれが氷海に続いている海。あの先には永久凍土《えいきゅうとうど》の大陸があるんだ」

アシュリーは真っ赤な顔で、レーニエが指し示す方向に視線をやる。

そして、言葉を失った。

建物と建物の間に、きらめく青い海が見えたからだ。

——あれが……海……。

アインスノアールの海は、午後の弱まり始めた光でも、宝石をちりばめたかのように輝いている。

「氷潮《ひしお》と呼ばれる寒流が流れてくるけれど、アインスノアールの街は例外的に暖かい。冬の時期も帝都に比べて長すぎるわけではないんだ。気候も人々も穏やかで、とてもいい街だよ」

アシュリーは露台の手すりにしがみつき、身を乗り出して海を凝視した。

——絵では見たことがあったけれど、実際に海を見るのは初めて……！

内陸から海岸線に向けて旅してきたアシュリーは、旅の道中、一度も海を見かけなかった。正真正銘、初めての海なのだ。

「海ですね、レーニエ兄様！　すごい、綺麗……」

素晴らしい光景に、アシュリーの胸が高鳴った。アシュリーは、人生初の、たとえようもない不思議な青を目に焼きつける。

「アシュリーは昔と変わらないな。小さい頃は窓から庭を見て大喜びしていたね」

はしゃぐアシュリーの様子に、傍らのレーニエが笑い声を上げた。

溌剌《はつらつ》とした笑い声だ。帝都にいた頃の彼は、こんなふうに明るく力強い声を出していただろうか。まるで月のような、儚《はかな》げな風情をまとった美しい貴公子だったのに。

「海のこと、本で読みました。絵でも見たわ。あんなに綺麗な青色が、本当に天気によって色を変えるのですか？」

「そうだよ、曇りの日は僕の髪のような色になる」

レーニエが長い指で、きらめく灰褐色の髪をかき上げた。その仕草に目を奪われながら、アシュリーは重ねて尋ねる。

「もっと青い日もありますか？」

「あるよ、夏とかね」

レーニエの笑い声が聞こえて、アシュリーははっと我に返った。

——はしゃぎすぎてしまったわ。

再び赤くなりながらレーニエを見上げる。

彼の美しい顔が、すぐ側にあった。

「海くらいで、そんなにも喜んでくれて光栄だな」

えっ、と思う間もなく、アシュリーの唇が、レーニエの唇で塞がれた。

何をされたのかわからず凍り付くアシュリーの唇が、レーニエの舌先でぺろりと舐《な》められる。

——接吻《せっぷん》……？　口に？

何をされているのかわかった瞬間、先ほどまでとは比べものにならないほど、身体中が熱くなった。

——嘘！　レ、レーニエ兄様と、接吻……。

政略結婚が当たり前の貴族社会では、未婚の娘は恋愛禁止だし、保護者に監視されている。たとえレーニエが相手でも駄目なのだ。

もしも父帝がこんな光景を目にしたら、高血圧でひっくり返るだろう。

——な、なんてことを……なさるの、兄様……っ……！

動かないアシュリーから、レーニエがゆっくり唇を離す。

燃え上がりそうに頬が熱い。レーニエはアシュリーの頬を指先で撫《な》で、濡れた唇で微笑んだ。

「海は毎日色が違うんだ。また見よう、何度でも付き合うよ」

不思議だ。甘い声がアシュリーの胸をじわじわと溶かすような感じがする。身体中から、じわじわと汗が滲《にじ》んできた。

「あ、あの」

「どうしたの、顔が赤いけれど」

普段どおりに話しかけられ、アシュリーは大混乱しながら首を横に振った。

「な、な、なんでも、ありま……」

いや、ある。たとえ戯《たわむ》れ気分であっても接吻などしないでほしい。そう言うべきなのに、頭も身体も凍り付いて、なのに火照《ほて》って、何も言葉が出てこない。

「そう?」

レーニエの笑顔を目で追いながら、アシュリーは頷く。

いったい、何が起きているのだろう。

そう思うアシュリーの耳に、とんでもない言葉が届いた。

「男に接吻されておきながら『なんでもありません』とは、許しがたいね……僕の可愛いアシュリー姫」

悪戯っぽい表情なのに、目だけは射貫くようにアシュリーを見据えている。あまりの言葉に、アシュリーは文字通り飛び上がった。

「お、お、男？　い、いえ、今私に接吻なさったのは、レーニエ兄様……です……から」

「ふうん……君はそんなふうに思うんだ。まだ眠り姫同然か」

眠り姫とは何だろうと思ったが、レーニエを意識してしまってそれどころではない。腰を抱き寄せられ、身体が密着して、アシュリーの心臓が爆発しそうだ。

こんな触れられ方、誰にもされたことがない。同性の姉たちにすら。

「皇帝陛下から何を言付《ことづ》かったの？」

アシュリーを抱きしめたまま、レーニエが低い声で尋ねてきた。

「えっ、あっ、あの、お遣いの内容は、レ、レーニエ兄様に、帝都に戻ってくるよう、お願いしてこいというもので。一緒に帰って、また私と帝都で過ごしましょう？」

しどろもどろになりながらアシュリーは答えた。

心臓がどくんどくんと音を立てて、まともに頭が回らない。必死で引き剥がそうとしても、レーニエの腕は離れなかった。

「うーん、駄目だな、それでは不合格だ」

アシュリーの言葉をレーニエが鼻で笑う。その声は冷ややかで、挑発的で、アシュリーの胸をかき乱す。

「ど、どうして、不合格なのでしょうか？」

「ただ頼むだけじゃなく、僕を口説き落としてごらんよ。ただの伝言係なんて、ネコでも務まる」

――な、何ですって。ネコ……？

ぽわーっとしていたアシュリーは、聞き捨てならない単語に、レーニエの腕から身を起こした。

「私、ネコではありません！　皇帝陛下の勅使です」

自分で言いつつも、説得力があまりないなと思った。

幼い頃から悪戯ばかりで身が軽く、にょろにょろと危険な場所に登っては怒られ、『ネコじゃないんだから木や壁や棚に登らない！』と怒られ続けていたのだ。

最近自分を追い回していた衛兵にも言われた気がする。

――レーニエ兄様から見たら、私は、昔の悪戯ネコ娘のままなの……？

昔のアシュリーなら大して気にならなかったことが、不意に猛烈《もうれつ》に気に障った。

――あ、あんなふうに口づけしたくせに、ネコ扱いって、どういうこと？　恋愛ごっこみたいな真似をなさったのに、子供を相手にするように接してきて！

今日は調子が変だ。

レーニエの掌《てのひら》の上で、ころころと転がされているような気がする。

「じゃあ、立派な大人の淑女になって、皇帝陛下の勅使を務められるところを、ちゃんと僕に見せてごらん」

偉そうに言われて、アシュリーはかすかに頬を膨らませた。なのに、胸のどきどきは治まらないままだ。

「ここは帝都じゃない、お父上のお膝元じゃないんだ。僕ももうただのレーニエ兄様ではない。わかるね？」

「わかるわ」

素直に頷き、アシュリーはちらっとレーニエの美しい顔を見上げた。

「いや、君はわかっていないな、やはり不合格だ」

――どうして何もかも不合格なの？　昔はすぐにどうすればいいか教えてくれたのに！

不服に思ったアシュリーは、レーニエに向けて膨れてみせる。

だが、レーニエの表情は昔と変わらない、余裕に溢れた『先生』のままだ。

なんだか、一方的に子供扱いされているようで悔しかった。

アシュリーの胸の中にあるのは、レーニエに相手にされないことを『悔しい』と思う気持ちだ。今まで、そんなふうに思ったことはなかったのに。

「じゃあ、とりあえず着替えておいで。これから街の見学に連れて行ってあげる」

「わ、わかったわ」

アシュリーはドギマギしつつ、なるべく平静を装って頷く。

動悸《どうき》が治まらない。アシュリーは落ち着かない心臓の上に、そっと手を当てた。

◆

その日の夜。

レーニエは、皇帝への書状をしたためていた。

『アシュリー殿下は、しっかりとアインスノアールの我が屋敷でお預かりいたします。しばらくは〝置いていかれた〟とお嘆きになるでしょうが、うまく気を逸らし、なるべく満足して過ごしていただけるようにいたします』

最後の一行を書き終え、満足げに独り言《ご》つ。

「さて、次は、僕の可愛い無邪気なお姫様を目覚めさせなければ」

言いながらレーニエは立ち上がり、質素な上着を羽織って部屋を出た。人の気配のない廊下を静かに歩き、屋敷の裏口から外に出る。

アインスノアールは帝都に比べて遙かに田舎だ。

月明かりだけが皎々《こうこう》と辺りを照らしている。

街のある方角にも、光がほとんど見えない。不夜城《ふやじょう》のような宮殿や、華やかな帝都の街とは大違いだ。

レーニエは躊躇わずに暗い庭を横切り、街へ向かって歩いた。

――本当に月が眩しいな。帝都では、こんなに明るい月は想像もできなかった……。

半刻ほど歩くと、静まりかえった街にさしかかる。

この辺りは、一応アインスノアールの繁華街なのだ。

更に進むと、ようやく明かりの灯っている一角が見え、酔っ払いが騒ぐ声もそれなりに聞こえてきた。漁で一山当てた漁師たちが羽目を外しているようだ。

レーニエはまっすぐに歩みを進め『海鳥の夢』という看板の掲げられた建物の扉を開ける。中から、むわっと甘い香りが漂ってきた。

ここは、アインスノアールでは一番の娼館だ。

待合室に入るなり、隠し小窓から女の顔が覗いた。歳を重ねてはいるが、気合いの入った知的な顔立ちをしている女性。彼女はこの娼館の主だ。

「あら、若様」

娼館の主は客の名前や身分を明かさないよう『適当な名前』で呼ぶ。やり手婆の彼女の目から見ると、レーニエは『若様』らしい。

「メリーアンを指名しに来たけど、いるかな？」

それは、特別な客以外には顔を見せない、とある娼婦の名前だった。

『メリーアン』という名前を挙げた途端、ぴしゃりと小窓の戸が閉まる。しばらくして、奥の扉から若い女が駆けてきた。

「はぁい、こんばんは、若様」

「久しぶり、元気だったかい」

「ええ、とっても！　お天気が良いから毎日楽しくなっちゃう」

綿菓子のような愛らしい声で、メリーアンがにっこり笑う。

「君が可愛いから、僕も楽しくなれるよ」

レーニエの言葉に、うら若いメリーアンが明るい笑い声を上げ、レーニエの腕に甘えるように縋《すが》り付いた。

「中に行きましょう」

レーニエは笑顔で、メリーアンに導かれるまま娼館の奥へと入っていった。そこは、複数の扉を隔てた『特別室』だ。

その部屋に入った刹那、メリーアンはレーニエから手を放すと、すっと背筋を正し、別人のような低い声を出した。

「閣下、本日はどのようなご用命でしょうか」

『メリーアン』は、レーニエが帝都で出会い、雇用した密偵だ。

歳はとうに三十を過ぎているはずだが、娼婦を演じているときは振る舞いも声音も若い娘のようで、密偵としての擬態の腕前を、会うたびに見せつけてくれる。

『私にもレーニエ様に近づく理由がございます。主に第三十三皇女殿下のことで』

彼女は、自分にも利があるからレーニエに力を貸すのだと言い切った。

以降、気の合う主従としてやってきている。彼女には彼女の目的があり、その目的はレーニエとある程度一致している。裏切ることは、おそらくないだろう。

「君に頼むにはつまらない仕事かもしれないけれど……いいかな」

メリーアンがぽってりした唇の端を吊り上げた。

さっさと用件を言え、とばかりの表情だ。

「常に申し上げているとおりでございます」

メリーアンは、無駄なことを一切喋らない。

とある貴人に仕えていた彼女は、幼少時から『主』のことを口外しないように躾《しつ》けられてきたため、口数が極端に少ない。

『主』を失った今も、言葉数は少ないままだ。

レーニエはメリーアンを手招きし、耳打ちする。

「頼みたい内容は……」

メリーアンは何も問い返さず、レーニエの指示に無言で頷く。

耳打ちでの指示を終え、レーニエはついでのように口にした。

「ああ、そうそう……第三十三皇女様が我が屋敷にお見えだけれど、君は会いたい？」

レーニエの問いに、メリーアンは動揺した様子で、一瞬視線を彷徨わせた。

「……機会があれば、お会いできればと思います」

かすかに震える声で答えると、メリーアンは気を取り直したように微笑んで続けた。

「それではレーニエ様、明日、指示どおりに……」

宮中の侍女にも引けを取らない優雅な礼をして、彼女は部屋から出て行った。

第二章

アインスノアールで迎える、初めての朝が来た。

——昨日のアインスノアール観光、楽しかったわ。海って、とても綺麗なのね。

アシュリーは、爽快な気分で目を開けた。寝室の窓の外には青い空が広がり、晴れ晴れとした気持ちになる。

不思議な『潮《しお》』の匂いも好きだ。自分が特別で素敵な場所にいると実感できていい。

「あぁ、お部屋がこんなに明るいのは嬉しいわ」

アシュリーは暖かな寝台に潜ったまま呟く。

幽閉が長くて、すっかり独り言の癖が付いてしまった。

それにしても、なんて開放的なお屋敷だろう。

毎朝『埃で鼻が痒《かゆ》い』と思いながら目覚めていた日々とは雲泥《うんでい》の差だ。

馬車でガタガタ揺られ続けた身体も、一晩ぐっすり眠って元気になった。

アインスノアール公爵の屋敷は、どこもかしこも爽やかで、息が深く吸える。

寝台の温もりを楽しんでいたアシュリーは、思い切って起き上がった。

ばしゃばしゃと澄んだ冷水で顔を洗い、日焼け止めの軟膏を塗る。海辺の街アインスノアールは日差しが強いのでと、屋敷の侍女が届けてくれたのだ。

「いい匂いの軟膏！」

香草がたっぷり入っているようで、アシュリーの好きな匂いがする。

真剣に軟膏の瓶《びん》の匂いを嗅《か》いでいると、扉を叩く音がした。

「はぁい」

侍女が何かの用事で尋ねて来たのだろうと思い、アシュリーは扉に歩み寄った。

無防備に扉を開けると、目の前にバサッと大量の花が飛び出してきた。

「おはよう、アシュリー」

昨日と同じ、庶民のような格好のレーニエが大きな花束を手に立っていた。白に黄緑に桃色、どれもうっとりするような美しい花たちだ。

冷涼なアインスノアールでは、花ものびのび育つのかもしれない。

アシュリーは裸足で寝間着姿なのも忘れ、素直に花束を受け取る。

「おはようございます、兄様！　素敵、綺麗なお花」

鮮やかな芳香がアシュリーの鼻先をくすぐった。

どの花も匂いが違う。全ての花の香りが重なり合うと、果実のような爽やかさと、蜜の甘さが溶け合って、頭の芯がふわふわするほどいい香りに変わる。

「だめだよ、そんな無防備な格好で出てきては。……驚くよ」

無我夢中で花の匂いを嗅いでいたアシュリーは、ハッと我に返る。

寝間着姿をたしなめられたことが恥ずかしくなった。

生まれて初めて、遠い海の側の素敵なお屋敷に泊まれて、気が緩んでいるのだと思う。

「そうね、ごめんなさい……侍女のどなたかがいらしたのかと思ったの」

花束で半分顔を隠して小声で謝ると、レーニエは気品に溢れる笑みを浮かべて言った。

「でも寝間着姿も可愛いな」

恥ずかしさが増した。寝間着姿を異性に晒して良いのは、幼い子供だけだ。アシュリーは花束で顔を隠したまま、ますます小さな声で言った。

「お着替えしてきます」

「わかった。昨日の食堂で待っているから」

そう言いつつも、レーニエは部屋を出て行かず、アシュリーの手から花束を取り上げた。

——え……？

花束を傍らの卓に置いた彼が、アシュリーの手首をぐいと引く。

やはり距離が近すぎる。

アシュリーの心臓がばくばくと音を立てる。みるみるうちに赤くなったアシュリーの耳に、レーニエは優しく囁きかけてきた。

「あれ、いい匂いがするね」

「え、あ、あの、あ……」

喋れなくなってしまった。どうしよう。

口をかすかに動かすアシュリーに、レーニエは蕩《とろ》けるような甘い声で告げた。

「日焼け止めの軟膏を塗ったの？」

――ち、近いです、レーニエ兄様の綺麗な顔が、近す……ぎ……。

アシュリーの背中につーっと汗が流れた。涼しいのに身体中が熱くなる。

「やっぱりそうだ。いい匂いだろう？」

「は、はい、いい匂い……です……私……好き……」

「好きなのは僕？　それとも軟膏？」

レーニエの質問に、アシュリーの心臓は口から飛び出しそうになった。こんなに密着して変なことを聞かないでほしい。

「ど、どちらも好きです」

「ちゃんと選びなさい」

――どうして答えるのが恥ずかしいの？　どうしたの、私……！

「じ、じゃあ、もちろん、レーニエ兄様……を……」

震え声で答えると、『正解』という言葉と共に、レーニエの唇が頬に触れた。頬に火が点いたような気がして、アシュリーは飛び上がりそうになる。

今更ながらに、寝間着の薄さを否が応でも意識してしまった。レーニエの体温をすぐ側に感じ、身体中がむずむずし始める。なぜ自分はこんなに胸元の開いたひらひらした服で、無防備に彼の側にいるのだろう。

――だ、大丈夫よ、レーニエ兄様……なんだから……お兄様と同じじゃない。いえ、あの、実のお兄様たちよりレーニエ兄様の方が格好いいけれど……。

身動きできないほど緊張しているアシュリーに微笑みかけ、レーニエがすっと身体を離した。

なぜか、ほっとして身体中の力が抜ける。

やはり久しぶりに会ったレーニエに対して、変に意識して一方的に身構えているだけだ。そうに違いない。

「じゃあ、待っているから早くおいで。焼きたてのパンがあるからね」

レーニエは優雅な仕草できびすを返すと、そのまま部屋を出て行く。アシュリーは、口づけされた頬を押さえて立ち尽くした。

――は、早く……支度をしなくちゃ……。

アシュリーは火照る頬を叩いて、大きな旅行鞄から着替えを取り出す。

手早く衣装を身にまとい、鏡の前で軽く髪を整え、部屋を飛び出した。

「やっと来たな」

食堂に着き、快活に笑うレーニエに迎えられると、やはり心臓が怪しく高鳴った。

――兄様をこんなに意識してしまうなんて。恋愛小説の読みすぎかしら……。

アシュリーは染まった頬に気づかれないよう俯き、アストンの引いてくれた椅子にちょこんと腰を下ろした。

「今日はなんと、僕が捌《さば》いた魚でスープを作った。パンも焼いたんだ。味わってくれたまえ、可愛い勅使殿」

得意げな言葉に、アシュリーは目を丸くする。

――レーニエ兄様がお料理を？

すると、アストンがそっと耳打ちしてくれた。

「レーニエ様はこちらにいらしてから、帝都ではできなかった様々な手仕事にいそしんでおられるのですよ」

「兄様がそんなことまでなさるなんて、驚きました」

けれど嬉しい。レーニエはどんなものを作ってくれたのだろう。

運ばれてきた料理はどれも良い香りがして美味しそうだ。

アインスノアールの料理は、魚を使った品が多いようだ。帝都では魚はあまり食されないが、馬車で半月の距離を離れただけで驚くくらい料理が変わるのだと知った。

アシュリーが美味しいと思っておかわりしたスープも、なんと魚の『だし』なるもので仕上げた野菜のスープなのだという。

――お魚って焼いて食べるものだと思っていたわ。他に調理法があるなんて素敵！　こんな美味しいなら帝都に帰ってもまた食べたいわ。

料理の違いに目を輝かせていたアシュリーは、妙な気配に気づいて顔を上げた。

——あら？　皆、もう帝都に戻るの……？　私、まだ何も勅使のお仕事をしていないのだけれども……？

アシュリーは帰り支度をしている随行の者たちを見つめた。

——私も急いで兄様から『帝都に戻ります』って確約をいただこう。

アシュリーは口元を拭い、向かいの席のレーニエに言った。

「あの、兄様、私も皆と一緒に帝都に戻ろうかと思うのですけれど」

「君のことについては、こちらでしばらく休養させるよう、陛下から指示されているけれど？」

「えっ……私は、アインスノアールに残る……のですか？」

急いで帰って大成功の報告をする。そして父帝に『もう幽閉しない』と約束してもらう。それしか考えていなかったアシュリーは目を丸くした。

なぜか随行してきた人間たちがうんうんと頷いた。

——まあ？　なあに、皆……どうしたの……？

きょとんとするアシュリーに、随行責任者の侍女が言う。

「レーニエ様のおっしゃるとおりです。しばらくお疲れを取られてはいかがでしょうか」

「いいえ、待って。私、レーニエ様に帰ってきていただく約束をすぐにとりつけるわ。一緒に帝都に戻りましょう」

侍女は首を振り『こちらでしばらくごゆっくりなさいませ』と繰り返すと、旅支度に戻ってしまった。

──私一人で残らなければ駄目なの？　どうして？

不安になり、アシュリーはレーニエに言った。

「ねえ、兄様、どうして私だけ残れなんて言われるの？」

「焦っても仕方ないだろう。今日は僕と湖に行かないか？」

「湖より……私の話を聞いて……。どうして私だけ……」

「それは知らない。だが、陛下のご命令だよ。僕と過ごすのは嫌？」

「い、嫌じゃ……ないわ……もちろん……」

口先だけで答え、アシュリーは衝撃のあまりさじを置いた。

自分だけ『帰ってこなくていい』と言われた、受け入れがたい事実を嚙みしめる。

必死で幽閉から逃れたら、今度は帝都に戻れない。

これではまるで、もう宮殿に戻るなと言われているかのようだ。

──間違いない。私は宮殿に顔を出すなって言われているのだわ。どうして……。

どうしても理由に心当たりがないのだ。経費削減のためだとしても、アシュリーは贅沢《ぜいたく》に興味がないからドレスも宝石も靴もほとんどお下がりだし、たくさんの召し使いを侍らせたいとも望んでいない。

兄や姉とは違い、着付けも髪を整えることも入浴も、ほぼ何でも自分でできる。

ある程度の年齢になるまではレーニエが髪の結い方や肌の手入れの仕方など何でも教えてくれたからだ。

だから、アシュリーにはそれほど手間もお金もかからないはずなのに。

――だめ……だめだわ……どうしても落ち込んでしまう。

アシュリーは俯いた。

「どうしたの」

めざといレーニエの問いに、アシュリーは無言で首を横に振る。

「お腹がいっぱいなら外に出かけようか」

――そうじゃない、違うの、私は気晴らしがしたいんじゃない……。

何と答えたらいいものかと口を閉ざしたアシュリーに、レーニエが優しく言った。

「そうしよう。食事は帰ってきてお腹が空いたら、また用意してあげる」

立ち上がったレーニエが、腰かけたままのアシュリーの傍らに立つ。顔を上げたアシュリーの額にそっと口づけして、穏やかな声で告げた。

「じゃあ、皆を見送ったあと、散歩に出よう」

これまでは心の底から安心できたはずの、大好きなレーニエの声。

なのに、アシュリーはまるで笑えないし、素直に頷くこともできなかった。

——置いて行かれちゃったわ……最初からそういう命令だったみたい……どうして？

アシュリーは呆然と、見事な六頭立ての『勅使の一行』を見送った。

去って行く一行を見つめつつ、アシュリーは乾いた声でレーニエに尋ねた。

「ねえ、兄様……随行の皆が、勅使を置いて帰るなんてありえるの……？」

未だに納得できないアシュリーは、傍らで笑顔で手を振っているレーニエに尋ねた。

——私が置いて行かれたのに、どうしてそんなに笑っていられるの！　そもそも兄様はご病気じゃないでしょう？　嘘よね、病気って！

言いたいことは山ほどあるが、まずはアシュリーだけ置いて行かれたことに一緒に苦情を申し立ててほしかった。

「兄様！　聞いてらっしゃるの？」

「あとで聞いてあげる。それより、これから行く湖には、アインスノアールが活動南限の珍しい渡り鳥が来るんだよ、今はちょうど冬の前の、渡来時期だ」

——渡り鳥？

話には聞いたことがあるが、実際に見るのは初めてだ。

好奇心を刺激され、アシュリーは思わず尋ね返した。

「……どんな鳥？　どのくらいの大きさで何色なのかしら？」

「自分の目で見てごらん。朝から難しい顔をしていないでさ」

笑いを含んだ優しい声に、アシュリーは不承不承《ふしょうぶしょう》頷いた。

好奇心旺盛なアシュリーの性格など、レーニエにはお見通しなのだ。新しい話題にすぐに飛びついてしまうことも。

――私のばか……。こんなふうに万年お気楽だったから、お父様の『アシュリーは要らない』という本意に気づけなかったのかもしれない。昔はたくさん抱っこして、可愛がってくださったのに、お父様、どうして……？

父帝の笑顔を思い出した途端、とてつもなく悲しくなる。

『アシュリー、また悪戯をしたというのは本当か！　なぜ塗りたての壁に登ったのだ。木に登る、棚にも壁にも、どこでも登る。お前のような悪戯娘は見たことがない！』

怖い顔をして塗料まみれのアシュリーを抱き上げながらも、父の目は笑っていた。

父からは、みそっかすの妾腹の娘なりに、愛されていると思っていた。だから、幽閉されていた間も、話せば聞いてくれるとバカみたいに信じていたのに。

俯いたアシュリーの耳に、優しいレーニエの声が届いた。

「じゃあ、早速行こう。歩きやすい靴を履くんだよ」

アシュリーは顔を上げ、レーニエの顔を見つめる。その顔はとても美しくて、穏やかで、『悩みなど抱く必要はないよ』と語りかけてくるかのようだ。

昔と同じ、アシュリーの何もかもを解決し、安心させてくれる美しい笑顔。

なのに、レーニエの微笑みは、アシュリーの心から『私はどうして、こんな立場なの？』

という疑問を消し去ってはくれなかった。

「レーニエ兄様、私たち、二人だけでお出かけしていいの？」

屋敷を出るとき見送ってくれたアストンを思い出しながら、アシュリーは尋ねた。アストンは帽子を貸してくれ、勝手にレーニエから離れないようにと言っただけでついて来ていない。

レーニエ自身の随行もいない。

帝都にいた頃の彼は、未来の右宰相としてそれはたくさんの人々に囲まれていたのに。

「大丈夫だけど、君は不安？」

アシュリーは首を横に振った。

そもそもアシュリーを狙う刺客などいない。

皇帝家を憎んでいる悪人がいたとしても、アシュリーを倒す前に、上の三十二人をどうにかする方が先だと考えるだろう。何しろアシュリー以外の兄姉は、皇帝の実子と、選び抜かれた精鋭の養子ばかりなのだ。

第三十三皇女は狙われるにしても多分最後……その自覚はある。

「私は兄様が心配なだけよ。兄様ほどの方が護衛もなしだなんて」

「それなら大丈夫だ。アインスノアールがどれだけ平和か君にもすぐにわかると思うよ……と言いたいところだけど、根本的にはそうではない。僕はもう帝国の支配者層から脱落した人間なんだ。だから、狙う価値もなくなった、そういうことだ」

アシュリーは驚いてレーニエを見上げた。自虐的な言葉にもかかわらず、彼の顔は気楽そうで、楽しげだ。

――レーニエ兄様は、本当に右宰相の地位を諦めて、ここで病気療養を理由に隠遁《いんとん》なさるつもりなの？　そんな……お父様のおっしゃるとおり、とても勿体ないわ……。

かすかに眉を寄せてアシュリーは思う。

宰相候補生の試験は、貴族だから贔屓《ひいき》してもらえるような甘いものではないのだ。

「どうして……兄様ほどの人が、ずっとここに暮らすの？」

アシュリーの手を、レーニエが優しく取った。

「君は、そんなに怖い顔で考えなくていいんだよ、さあ、行こう」

明るい声で促され、アシュリーは渋々頷いた。

今まではレーニエに慰められ、大丈夫だと言われれば無条件で安心できた。大丈夫だよ、君は何も考えなくていい……その甘い言葉が、やはり今は心にストンと入ってこない。

――理由は、なんとなくわかるわ……。私の頭の中にいるレーニエ兄様は、幽閉されている間に私が作り出した兄様だったのよ。だから……なんだか、遠く、知らない人のように感じてしまうの。当たり前よね、実際は二年も会っていなかったのだから。

アシュリーは、幽閉されていた二年の間『レーニエ兄様ならどう考えるだろう』『レーニエ兄様に教わったことで、今役立てられることは何だろう』と、ひたすら自分の中のレーニエと対話を重ねてきた。

だが、そのレーニエは、あくまでアシュリーの中のレーニエ像であり、現実の彼とはズレがあったのだ。

──私、兄様に『大丈夫』の根拠を説明してほしい。幽閉されるまではお気楽で疑い知らずで、兄様に言われたことは何もかも丸呑みしていたけど。

いつになく自分がゆらいでいることを自覚する。

歩きながら唇を噛むアシュリーに、ふとレーニエが問いかけてきた。

「ねえアシュリー、君は君のお父上が皇帝の位に就いたときの話を知っている？」

唐突な質問に、アシュリーはぱちくりと瞬きをした。

「え……っ？　知っているわ、どうしてそんなことを？」

「陛下は皇位簒奪《さんだつ》者であり、この帝国を立て直した偉大なる施政者でもある。正しくは、簒奪ではなく、先代王朝最後の皇帝が亡くなられたときに、自ら跡継ぎの名乗りを上げ、反対者を押し切って強引に帝位に就いた、だけどね」

レーニエの言葉に、アシュリーは頷いた。

誰でも知っている話だ。

父イルダネルが、先代皇帝の母方の従兄であり、先代皇帝の早逝《そうせい》後、強引に『新王朝』を樹立した事実は、隠し事でも何でもない。

左宰相カッテルソルにも『お父上は結果を出されたがゆえに、皇位簒奪者のそしりを受けず賢帝と讃えられておいでなのです』と何度も教えられた。

――先代の皇帝陛下は、蜻蛉《かげろう》みたいな人だったって聞いたわ。政務もお父様に任せきりで、病身で、人前にもほとんど姿を現さなかったって。

アシュリーは、先代皇帝についての知識はあまりない。

先代皇帝は生まれつき虚弱で、常に病身だったため、政務に就く体力はなかったのだそうだ。

ゆえに、母方の従兄だったイルダネルが『右宰相』として皇帝の執務を補佐していた。

イルダネルの実家は帝国のヴェリザー家という名家で、当時は侯爵の地位を賜《たまわ》っていたと聞く。過去に何度も皇妃や皇弟妃などを輩出した由緒ある家柄である。

先代皇帝が崩御した当時、レンティア帝国は過渡期にあった。

虚弱な皇帝の隙をついて、私腹を肥やそうとしたり、皇帝家を軽んじるような人間が次々に現れていたらしい。

長い間積み重ね、守り続けてきた様々な決まりや常識も崩れかけ、国の基盤そのものが揺らぎ始めていたのだそうだ。

その静かな腐敗から帝国を救ったのが、当時、先代皇帝の腹心、右宰相として頭角を現していたイルダネル大公だ。

先帝が病の悪化で亡くなると同時に、イルダネルは『選帝侯会議』を開き、全ての貴族に対して自分の即位を宣言した。

もちろん、反対した者はたくさん居た。それは国家に対する反逆だと、イルダネルを強硬に批判する者も居たらしい。

だが、結局は、実力者のイルダネルを推《お》す貴族の方が多かった。

イルダネルの即位に強硬に反対していた貴族の一部は『始末された』と聞いている。

――お父様が起こしたのは『政変』で、失敗したらお父様自身が罪人となり、首を落とされていただろうと聞いたことがあるわ。私の目には生まれながらの皇帝陛下にしか見えないけれど、皇太子のお兄様が小さな頃は、先帝陛下を支える多忙な政治家だったって。

レーニエは、様子をうかがうアシュリーに微笑みかけ、話を続けた。

「先帝陛下もその親も、どのような薬石も効なく早逝した。数代にわたり、芸術を愛でるだけの虚弱な皇帝が続いていたんだ。そんな虚弱な血筋ではどのみち巨大なレンティア帝国は支えられなかっただろうね」

アシュリーは頷いた。父イルダネルが罪に問われなかったのは、それだけの功績を残して、民を安心させ、がたがたの帝国の基盤を守ったからなのだ。

脳裏に、孤児院の子供たちや、長く入院している病人たちの笑顔が浮かんだ。

帝国の保護がなくなれば、治安は悪化し、貧富の差の増大が進み、弱肉強食の世界となって、大半の人間はまともに暮らすこともできなくなるだろう。

アシュリーは口をつぐんで、レーニエと肩を並べてゆっくりと歩く。

空は澄み渡っていて、帝都と違ってからりとした青だ。無限に広がる海が近いせいか、開放的な気配がそこかしこに漂っている気がした。

屋敷の広い敷地を出ると、明るい緑の森の小道が続いている。その先には占有地であることを示す赤い門があって、その先は街道に続いていた。

「アシュリー、朝から様子が変だね。アインスノアールに残るのは嫌だった？」

「ううん、兄様の側に居られるのはとっても嬉しいの。兄様に会いたくて勅使の仕事を引き受けて、ここまで来たのだし。けれど、一人で置いて行かれるのは嫌だったわ。私は勅使なのに、兄様を説得するまで待ってくれれば、って」

――幽閉された後は、帝都から追い出されるなんて、いくら私でも納得がいかない。

心の中で付け加えると、レーニエは灰色の目でアシュリーを見つめ、首をかしげた。

「……君は、僕から離れて、帝都に戻り、皇族の姫君として生きたい？」

いつもの優しい声ではなく、ほんのり冷たい声音だ。

機嫌を損ねてしまったのだろうか。

アシュリーは少し怯みつつも、素直に頷く。

「私だけ、皇女として何もさせてもらえないのよ。慈善活動で孤児院に行っても、お金がなくて子供と遊ぶことしかできないの。結婚だって、『今は考えなくていい』と言われて……昔、カッテルソル様に、私はどこに嫁ぐのか聞いたときも、誰とも結婚させる予定はない、なんて意地悪を言われたし……」

――それだけじゃないわ、兄様のお嫁さんになれるのかって聞いたときも、カッテルソル様はすごく意地悪な笑い方をして『ありえませんな』って言ったの……。私、すごく傷ついたわ、あのとき……。

まるで『末端皇女には何の権利もない』と言われているかのようだった。今回の件を経てカッテルソルの態度を思い出すと心がひりひりする。

「……なるほどね」

レーニエの形の良い唇に、淡い笑みが浮かんだ。

「皇女として、もっと周囲から評価されたいと、そういうこと？」

――えっ……？　そう……なのかな……？

アシュリーはしばらく考え、首を横に振った。

「ううん。私、人から褒められたいんじゃなくて……あの……うまく言えないけれど、私だけ……お父様の扱いが変なのが、少し不安なのかもしれないわ。幼い頃はとてもお優しかったけれど、思えば変だった」

レーニエがわずかに首をかしげる。

「変、とは？」

かすかに青い光が揺れる瞳に見とれて、アシュリーは思わず正直に答えてしまう。

「あのね、アインスノアールへの道中、ぼんやりと考えていたの。どうして私だけ、レーニエ兄様とずっと一緒だったのかなって。他のお姉様は、皆、乳母や侍女にお世話されていたのに。どうして私は兄様と一緒だったの？　兄様は、帝国の未来を担う逸材と言われていたのに、どうしてみそっかすの私の面倒を見てくれていたの？」

言い終えて黙りこくったアシュリーの肩が優しく抱き寄せられた。

レーニエの温もりを感じて顔を上げると、彼の麗しい顔がすぐ側にあった。

「陛下は養子も含め、お子様がとても多いだろう？　だから末っ子の君の面倒は、親を亡くして皇帝家のお世話になっていた僕に任せたんだ」

アシュリーはやや納得できないものの、小さく頷く。

「ほら、ここが今日君に見せたかった場所」

レーニエの声に、考え込んでいたアシュリーは顔を上げた。

目の前に広がっていたのは、驚くほど青い湖だった。湖水は絵の具を溶かしたようなくっきりした明るい水色で、アシュリーは心を奪われ、しばし動けなくなる。

こんな色をしているのに、水は毒ではないらしく、中では魚が泳いでいる。湖の底には倒木が見え、まるで水の中の森のようだった。

「綺麗だろう？」

「レーニエ兄様、水に色が付いているの？」

湖面から目を離せないまま尋ねたアシュリーに、レーニエが優しく答えてくれた。

「違うよ、光の加減で水色に見えているだけらしい。アインスノアールの伏流水は透明度が高くて、その影響で、こんなふうに輝くのではないかと言われているよ」

アシュリーは思わず駆け出し、湖水の縁ぎりぎりまで歩いて行って、しっかりと中を覗き込む。レーニエの言うとおり、すぐ側で見ると、普通の水だ。それにとても透明で、湖の底まで丸見えになっているのがわかる。

「綺麗……！」

けれど、ゆらゆらと光を反射する湖面を見ていたら、またすぐに気分が沈んできた。この湖にも、青く見える理由がある。

でもアシュリーが幽閉され、皇族から除け者にされている理由はわからないままだ。

「今日は元気がないね」

レーニエはそう言って、湖水を見つめて動かないアシュリーの肩に手を置いた。

——兄様に、幽閉されていた話をしてもいいのかな？　……私、置いていかれたことを含めてすごく傷ついてる。どうしてだと思う？　って聞いてみたい……。

けれど父に口止めされている以上、言いつけに背くわけにはいかない。

「アシュリー、心配事もあるかもしれないけれど、大丈夫だよ」

「兄様、私が単純だからって適当に言ってるんでしょう。さすがにわかるのよ、もう大人なんだから」

湖面を睨んだまま、アシュリーは拳を握る。

「僕と結婚すれば万事解決だと思わないか？」

「そんなのじゃ説明に……えっ？」

怒りとモヤモヤが、一斉に巨大な疑問符に変わる。

多分、何か別の言葉と聞き間違えた。

恐る恐る振り返ったアシュリーに、レーニエが微笑みかけた。

「結婚しよう、アシュリー」

レーニエの唇には淡い笑みが湛えられていた。青い湖水が太陽の光を反射し、レーニエの美貌にゆらゆらと光を投げかけている。

「兄様、今なんておっしゃったの……？」

瞬きも忘れたアシュリーの身体が、突然抱き寄せられた。広い胸に包み込まれ、アシュリーは呆然とされるがままになり、レーニエの身体にもたれかかる。

「悩みがあるなら、僕と結婚してから考えようよ。それならいくらでもゆっくり考えられるだろう？」

レーニエの指先がアシュリーの背中を滑る。

全身の肌が怪しく粟立った。

「あ……あ……あの……兄様、何して……何をおっしゃって……っ……」

心臓が口から飛び出しそうなくらいどくんどくんと暴れ出す。先ほどまでの苛立ちなどどこかへ消えてしまったようだ。

――結婚……？　聞き間違い？　聞き間違いよね？

目の前がぐらっと揺れた。美しい灰色がかった白樺も、鮮やかな緑の葉も、湖面の照り返しも、突然色を失ったように思える。

「何を驚いているの？　僕はそんなおかしなことを言ったかな」

いつもは硬質なレーニエの声が、えもいわれぬ甘さを帯びる。

アシュリーの心臓が『ドッドッドッ』という異様な音を立てた。身体中が燃えるように熱くなり、全身に、どっと汗が噴き出す。

「だ、だめです……だって私、皇女でしょう……勝手に結婚はできないのよ……」

「僕と結婚するのが嫌なのかい？」

静かな問いに、アシュリーはびくりと肩を震わせた。

幼い頃は無邪気に、レーニエの『およめさん』になりたいと思っていた。でも、カッテルソルに冷たくその夢を否定され、以降はずっと『ありえないこと』と納得していたのだ。右宰相候補の英才と、みそっかすの結婚なんて不可能なのだと。

レーニエの腕が緩む。

アシュリーは身体を起こし、レーニエの顔を見上げて頷いた。

「嫌ではないけれど、皇族の婚姻にはお父様の許可が絶対なのよ。皇族庁や貴族院の許可も要る。勝手に結婚する皇族なんて聞いたことないわ。兄様がご存じないわけないわよね？　それに、私と兄様じゃつり合いが……あ、わかったわ、私をからかったんでしょう？」

どうかそうだと言ってほしい。今のは思いつきの冗談なのだと。

自分自身の声が必死すぎて、余計に焦り始めながらも、アシュリーは言葉を重ねた。

「わ、私も、色々悶々《もんもん》としてしまって、兄様に当たってしまってごめんなさい。兄様から正式な回答をもらったら、自力で馬車を捜して帝都に戻るわ！」

そのとき、不意に風向きが変わって、白樺の枝の間から強い陽光が照りつけた。

小さな青い星が、レーニエの灰色の目の中で瞬く。

──ううん、ずっと星のようだと思っていたけれど……違う……兄様の目は、海にそっくりなのだわ。波が太陽の光を弾《はじ》いて、青く輝く海のよう。生まれて初めて海を見てやっと気づいた。兄様の目の中には海があったのね……って……。

「君は僕が嫌い？」

アシュリーはレーニエの目を、吸い込まれるように見つめつつ、首を横に振る。

「僕は好きだったよ」

胸の奥で、再び心臓がどくん、と音を立てた。先ほどまで感じていた不吉さとは違う、謎のときめきが生まれ、落ち着きなく顔が熱くなってくる。

「君が好きだから、好きになった責任を取って結婚する」

突然の告白に動転していたアシュリーは、続いたレーニエの言葉に、更に慌ててしまった。

──す、好きになったから……責任を取る……ですって？

レーニエが言っていることはおかしい。理屈に合わないからだ。

「兄様、責任の取り方がおかしいわ！　それに、お父様の許可が……」

「許可？　さては、君、真面目に帝国法を勉強してないな？」

レーニエの笑顔が怖い。目が全然笑っていない。それに『結婚しよう』なんて言われて心臓がドクドクと音を立てて、苦しくてたまらない。

アシュリーの頭の中に『ダメダメ、こんなの読んじゃ本当はダメ……』と独り言を言いながら読みふけった、恋愛小説の各場面がぐるぐる回る。

——この感覚……知っているわ……。

アシュリーの今の気持ちは、美貌の王子に恋する主人公の女の子と同じではないか。気づいた途端、頭が沸騰しそうになった。

「し、したわ、帝国法……勉強した……わ……」

「ならば知っているはずだ。ここが少数民族の暮らす土地だということを」

——勉強したし、ちゃんと習ったのに、ドキドキしすぎて思い出せないわ……！

笑顔のレーニエの前でアシュリーは青ざめる。赤くなったり青くなったり、もう手旗信号もびっくりの顔色だろう。

「かつてここはアインスノア王国と呼ばれた小さな国だった。二百年前レンティア帝国に併合されたあとも、断固として独自の文化を守り続けた人々が暮らす場所なんだよ。特にこのアインスノアールの街近辺は、海を含めて『アインスノア族の聖地』だったんだ。けれど独自の文化を守ってきたのは、ここだけじゃない。」

専門的な話題を出され、アシュリーは曖昧《あいまい》に頷いた。

——あ、あら……？　結婚のお話……は……？

突然『授業』が始まって、頭が混乱する。

レーニエの声は滑らかで低くて美しく、難しい話なのについ聞き入ってしまう。

「東には有名な騎馬民族が治めた、旧バルファ王国領があるよね？　それに、バルファ王国のもっと北には私掠船《しりゃくせん》で帝国や近隣諸国の財をかすめ取り続けたノンバール王国や、異教の神を信仰していたマルナ王国も。今では全部、帝国の一部だ。帝国は、旧レンティア王国時代を皮切りに、数百年かけて周囲の国々を併合し、版図《はんと》を広げてきたんだ」

アシュリーの脳裏に、レーニエがこれまで教えてくれた、遠い領地の話が浮かんだ。

大陸最強の騎馬部隊を率いて、最後まで帝国への併合を拒み続けたバルファ王国。

角笛《つのぶえ》を鳴らし、当時の技術では考えられないほどの操船術を駆使して襲いかかってきたというノンバールの海賊。

氷の神殿に、千年前の王の氷漬けの亡骸《なきがら》を祀っているというマルナ王国。

帝国に制圧された他の国々は、いずれも色鮮やかな独自の歴史を誇ってきたのだ……と。

「ええ……私、色々な国の話を聞くのは好きだったわ」

「バルファ王国なんて、併合されたのは二十五年前だよ。帝国の歴史から見れば最近だ。それまではずっと、旧バルファ王国領の辺りは戦争をしていたんだ」

確か、バルファ族を制圧したのは、アーベン公爵ゲオルグ・カトライトだったはず。

彼はその功績をもって帝国の重鎮となり、軍部の尊敬を一身に集め、父帝イルダネルの最大の政敵と呼ばれているのだ。

「三年ほど前、少数民族の伝統を保護するために、少数民族文化保護法が施行された。その文化保護法は、帝国が出す禁止命令よりも優先される。たとえば、足入れ婚、刺青、海葬。どれも帝国では禁止されているけれど、この地に住まうアインスノアールの住民にだけは、特別に認められるんだ。……そうだよね？」

突然、詳細な話になった。歴史の流れは把握していても、詳細までは自信がない。

「そ、そう……だった……かしら？」

心の中で、そのくらいは資料に書いてあったはず、という声がする。上目遣いになってだらだら汗をかくアシュリーに構わず、レーニエは言った。

「勅使なら知っているだろう？　当然、訪問先の領主の経歴、それに少数民族の文化風習全てを、しっかり学んでからやってきたはずだからね」

「知っ……てる……かも……」

本当は知らない。

行きの馬車の中では夢中で、姉が貸してくれた恋愛小説を読んでいた。

幽閉中はまともに本も差し入れてもらえなかったので、久しぶりの刺激に溺れてしまったのだ。周囲も内心『アレは資料じゃないな』と気づいて呆れていただろう。

「それでは、お勉強をサボっていた君に尋ねよう」

びしっと言い切られ、アシュリーはびくりと肩を震わせた。

「僕の結婚申し込みが有効である理由が、今の説明の中にある。それはどこだと思う？」

——な、な、なに？　どこかしら？

そのとき、オロオロするアシュリーの顎が、つっと持ち上げられた。

すぐ間近にレーニエの顔がある。

美しい瞳が、アシュリーを見据えたまま鋭く輝く。真剣そのもののレーニエの表情に、アシュリーは反射的に身構えた。

——ああっ……また勉強不足が知られてしまうわ……。

引きつり笑いを浮かべたアシュリーに、レーニエが厳しい声で告げた。

「わからないなら勉強不足だな。君を勅使として認めるわけにはいかない」

「……ごめんなさい」

か細い声で謝ると、レーニエはニコリともせずに言った。

「わからなかったところは自分で調べて、夜に僕の部屋に報告に来なさい」

『自学自習』して、レーニエに『学習結果の報告』をせねばならないらしい。

「え……えぇ……っ……」

思わず不満げな声が漏れてしまったが、『勅使としての知識が空っぽの私の言葉に従って、帝都に戻ってください』と言っても、聞いてもらえないことくらいはわかる。

「返事は？」

冷ややかに尋ねられ、アシュリーは顎をつままれたまま愛想良く答えた。

「わかったわ。お屋敷に帰ったら調べます」

レーニエがため息を吐き、ようやくアシュリーの顎から手を放してくれた。

「よろしい。では今日の夕食後、三時間したら報告書を持って来て。そのくらい時間があれば調べ物はできるよね？」

随行の者たちに置き去りにされたことを嘆《なげ》くゆとりなど、アシュリーにはないようだ。

——よ、よくわからないけれど、ちゃんと報告書を書かなくちゃ！　レーニエ兄様にこれ以上呆れられたくない。だって、兄様にまで要らない子扱いされたら、私……。

アシュリーは覚悟を決め、ぎゅっと拳を握りしめる。

降って湧いた『宿題』に焦るアシュリーは、レーニエの形の良い目がかすかに笑っていることに気づかなかった。


その日の夜、アシュリーは汗だくで勅使向けの資料を広げて勉強に励んでいた。

——あぁ、私、資料にざっと目を通したつもりだったけど、改めて確認してみると、頭にちっとも入っていないわ。

そうは思うものの、レーニエに色々なことを言われすぎたせいで、すぐに思考が散らかってしまう。

あの『結婚しよう』という発言は何だったのだろう。

もっとちゃんと聞きたい。

けれど、レーニエに言われたとおり、勉強もちゃんとしなくてはいけなくて……。

アシュリーは目眩を覚えながら、資料を手に取った。

――だめよ、勉強をしないと！　兄様のおっしゃるとおり勅使失格だわ。ええと、これで、兄様の話でわからなかったところを調べて、自分の言葉でまとめられた……かしら？

アシュリーは寝台に座り込み、帝都から持参した書類をもう一度確認する。

「まずはアインスノアール公爵レーニエ・ダルマン様の功績について！」

声を出せば頭に入るのではないか。そう思いつつ読み上げる。

「アインスノアール公爵は、皇帝イルダネルの配下となったのち、主に行政の手の行き届いていなかった少数民族の保護および文化風俗の復活に取り組まれました。その他にも多くの功績があり、文化財の指定方針の見直し、疫病対策のための法案作成など、朝廷の功労者として……えーと……これは、まとめに書いたかしら？」

アシュリーは手を伸ばし、作成中の資料を引き寄せた。

その資料には、アシュリーが必死でまとめた『アインスノアールの地理歴史』『新しく決まった少数民族文化保護法について』を書き綴った紙束が置かれている。

「あら？　少数民族文化保護法の草案を作ったのは、レーニエ兄様なんだわ。……歴史や郷土学に造詣の深いアインスノアール公爵……？　兄様って得意科目は数学じゃなかったかしら？　すごいわ、何でもできて。さすが……兄様やっぱり格好いい……」

独り言を言いながら資料を読み返し、自分の書いた内容が間違っていないことを確認していたら、すでに月が傾いていた。

――いけない、もう真夜中だわ。提出しに行かなければ駄目なのに！

ハッと我に返ったアシュリーは、簡素なドレスにガウンだけを羽織り、紙束を抱えて部屋を飛び出した。

これをレーニエに提出して早く寝よう。

今日は随行人たちに置いて行かれてとても落ち込んだが、明日はもう一度海を見に行って楽しく過ごしたい。

帰れないなら帰れないなりに日々を充実させなくては。

そう思いながら、アシュリーは上の階への階段を上った。

――このお屋敷、人が少ないわ。昔の兄様は、宮殿のどこに居てもたくさんの取り巻きに囲まれていて、華やかで……。でも、今みたいに、明るく笑ったりなさらなかった。

暗い階段を上りながら、アシュリーはため息を吐く。

昔の憂愁《ゆうしゅう》に満ちたレーニエと、今の妙に明るく生き生きしたレーニエ。果たしてどちらの彼が幸せなのだろう。

そんなことを考えていると、すぐにレーニエの私室に着いた。扉を叩こうとしたとき、中から若い娘の声が聞こえてくる。

――え……っ……？

アシュリーは紙束を抱いたまま凍り付いた。

なぜこんな時間に、女性がいるのだろう。ここはレーニエの寝室なのに……。

そこまで考えたとき、すうっと血の気が引いた。

――え……え……？

今まで感じたことのない、嫌な気持ちになった。

真っ黒な棘《とげ》が心の中にぶわっと広がるような。大事に描いていた絵に、ぐちゃぐちゃに泥を塗られるような、耐えがたい不快感だ。

女性の楽しげな声がレーニエの部屋から聞こえただけで、なぜこんな気持ちになるのだろう。

――兄様が、私室に女性をお招きになるなんて私が知る限り初めて……。いつもどんなときに顔を出しても、兄様は一人でお仕事をなさっていたわ。兄様に近づく女性なんて、一度も見たことがなかった。それが、当たり前……だったのに……。

黒い棘はどんどんアシュリーの心の中に広がっていく。手足が冷たくなり、大きな石を無理やり呑み込まされたような気分になってきた。

――私……どうしてこんなに嫌な気持ちになってるの……。考えてみれば、兄様に憧れる女の人はたくさんいるに決まっている……でも……。

そこまで考え、アシュリーは唇を噛んだ。

レーニエは、帝都を離れたこの場所で、女性と仲良く過ごしていたのだろうか。

──私が……ずっと……兄様の一番側にいたのに……。

許せない。

同時に、許せないと思う自分が信じられない。

──どうして……。貴族は自由に恋愛しては駄目なのよ？　嫌よ、嫌。

扉にかけたアシュリーの指は震えていた。

レーニエは、ずっと自分と一緒だと思っていた。

たとえ政略結婚で見知らぬ誰かに嫁がされたとしても。

なぜならば、レーニエは繰り返し約束してくれたからだ。

『好きではない人と政略結婚をさせられても、旦那様ではなく、僕を一番好きでいて良いんだよ。気持ちを無理に変える必要はないんだ。誰かに何か文句を言われたら、僕が今までどおりなんとかしてあげる』と……。

だからアシュリーは、いずれ強いられるであろう『お見合い』や『政略結婚』のことを不安に思わずにいられた。

無理やり嫁がされても、レーニエとの関係は変わらないのだと安心できたから。

──兄様は、私がいつかお嫁に行っても、一番好きでいるって言ってくれた。

それなのに、違った。レーニエの心はアシュリーではなく、別の女性に向いている。

ずっとアシュリーが居た場所には、別の女の子がいるのだ。

『可愛いアシュリー、君より大事な人ができたよ』

もしそんなことを言われたら、どんな顔で、何と返事をすればよいのだろう。

――嫌だ……兄様……それじゃ……私……一人になってしまう……。

耐えがたくて、アシュリーは思わず耳を塞いだ。

『勉強も作法も僕が全部教えてあげる。アシュリーは、僕だけを信じていてね。ずっと一緒にいるからね』

その約束どおり、悩んでいるときは親身になってくれ、珍しく病気になれば駆けつけてくれて、誕生日にはどんなに忙しくても必ず側に居てくれた。

『政略結婚……？　大丈夫。アシュリーはずっと僕が一番でいい。君の夫なんて名ばかりの存在だ。僕たちは一番仲良しで、一番お互いを大事にし合っている存在だ。そうだろう？』

あの約束は、勝手に終わってしまったのだろうか。

アシュリーの目に涙が滲んだ。

扉の中から、明るい女性の笑い声が再び聞こえた。屈辱と絶望で、しゃくり上げそうになる。

勉強した結果は必ず提出するように指示されたが、もう部屋に戻ろう。中の様子を見たくない。そう思った瞬間、軽やかな足音が部屋の中から聞こえてきた。

身を翻《ひるがえ》す間もなく、扉が開く。

出てきたのは、美しい少女だった。灰色の髪と目をしている。肌は白く、アインスノアールの生まれではないようだ。

彼女はじっとアシュリーを見つめた後、何か言いたげに目を逸らす。

何も言えないアシュリーをよそに、少女は可愛らしい声でレーニエに告げた。

「それじゃあ、またね、レーニエ様！」

なんて可愛い声なのだろう……。

アシュリーの声はちょっと低いのに、彼女の声は甘いお菓子のようだ。

そんなことを思った瞬間、えもいわれぬ惨めさがアシュリーの心の中に広がった。

「ごきげんよう」

女の子に笑顔で挨拶され、アシュリーはたどたどしく言葉を返した。

「ご、ごきげん……よう……」

惨めで悲しくて逃げ出したくなる。女の子は、半泣きのアシュリーの様子など気にもせずに、すたすたと廊下を歩み去ってしまった。

優雅な足取りでやってきたレーニエが、人形のように立ち尽くすアシュリーの手から、ひょいと紙束を取り上げた。

「アインスノアールについての勉強は終わった？」

レーニエはアシュリーが必死で書いたまとめをパラパラとめくり始める。

——どうして、何事もなかったかのように話しかけてくるの？　あの子は誰？

反射的に、そう言い返しそうになった。

レーニエが夜に女の子と二人でいたことが面白くない。

大事な花を踏み荒らされたようなイライラが胸から去って行かない。

「兄様、あの子は誰……？」

「メリーアンという街娘だよ。僕の友人なんだ」

それは、アシュリーの納得できる答えではなかった。

アシュリーは、拳を強く握ったまま言った。

「私、お部屋に戻るわ。明日の朝、確認した結果を教えて……」

「もう読んだ」

——は……速い……！

そう。レーニエは昔から異様に文字を読むのが速いのだ。

「法律が施行された経緯が間違っているね。僕が口火を切ったのではなく、前々から少数民族の不満が高まっていて、皇帝陛下が問題視していたんだよ」

——しかも全部きっちりちゃんと読んでいるわ……！　どういう頭の造りなの……。

「それからアインスノア王国の終焉の原因は、王族の死亡ではない。最後の王が、皇帝家の支配下に入ることを認めたからだよ。アインスノア王家の最後の王女は、ダルマン家の跡継ぎに嫁いで、その縁でアインスノアアール公爵の位が創設されたんだ。つまり、アインスノア王家は、僕のご先祖様。歴史で習っていなかったっけ？　教えたはずだ」

――ぐうの音も出ないわ……。

アシュリーはしおれた気持ちのまま小声で答えた。

「忘れてしまったの」

「まあいいよ、僕がいつでも教えるから」

レーニエの厳しい声が和らいだ。だが、アシュリーの心はちっとも安らがない。

「ところで……アシュリーは僕が女性を部屋に連れ込んで、怪しげなことをしていたら嫌な気持ちになるかい？」

直接的に聞かれ、アシュリーはびくりと身体を震わせた。

「あ、あの、あ……」

身体中が震え出す。何の心の準備もないのに突然聞かれて、何と答えればごまかせるのかわからない。

「に、兄様の自由よ。だけど……相手は若い女性なのだし……好ましくはないと思うわ」

しどろもどろになったアシュリーの手首が掴まれる。驚く間もなく、アシュリーの身体はレーニエの胸にぐっと引き寄せられた。

「君は僕を立派で清らかな男だと思ってくれていたんだね」

「あ、当たり前でしょう？」

レーニエの胸に抱きしめられたまま、アシュリーは震える声を張った。

「そういうの、興奮するよ」

――え……？

想像を超えた言葉が聞こえ、アシュリーの目が点になる。

「アシュリーは、僕のことを聖人君子で、真面目で、清らかで規律正しく無害な『お兄様』だと思って、小さな頃から信じ切ってくれている。……どこまで僕を信じて、無垢で可愛い君でいてくれるんだろう。僕らの船はいつ沈むのか、そう思うと、とても興奮する」

訳がわからない。

「え、な、なんで、興奮なさるの……？」

「君が可愛くって無防備で危うくて、最高に滾《たぎ》るんだ。僕の本当の姿を知りもしないのに、全幅の愛と信頼を向けてくれる君。僕に夢を見させてくれる、世界一愛しい存在だって」

「な、何をおっしゃって……何……兄様……」

アシュリーの心臓の鼓動が、最高潮に達する。胸の中で暴れ回っていて、そのうち口から飛び出してきそうだ。

焦りのあまりアシュリーの額に汗が滲んだ。抱擁はますます激しくなり、アシュリーの足がかすかに震え出す。

「今夜は、間違いなく、君から部屋に来てくれたよね？」

「え、ええ……」

抱きしめられたまま、アシュリーは小声で答える。

「他の誰に聞かれても、君の意思で訪ねてきたんだと答えるだろう?」

「も、もちろんよ。嘘はいけないもの」

ずぶずぶと沼に沈み込んでいくような気がする。本当は黙って、今すぐレーニエの腕から逃れた方がいいに違いない。わかっているのに、彼の熱い腕を振りほどけない。

「ならば、足入れ婚は成立するね。よかった。旧アインスノア王国の足入れ婚に必要なのは、両性の合意と、三十夜の婚姻実態の継続、そして公式の場での婚姻の誓いだ」

レーニエの唇が、前触れもなくアシュリーの唇を奪う。

──結婚……結婚って……待って、兄様……!

アシュリーの口の中に、どろりと甘い何かが流れてくる。

口づけする直前に、アシュリーを抱いたままレーニエが何かを口に含んだのだ。それを、口移しでアシュリーに与えようとしている。

──噛みつぶした、錠剤か何かみたいだけれど……!

妙にざらりと、半分溶けた甘いものが、アシュリーの口腔に広がった。

「ん……うぅ……」

──なに、これ、甘……。

レーニエが呑ませてくれるものだから大丈夫だとは思うけれど、粘膜《ねんまく》に染みこんだ瞬間からまとわりつくような甘味と熱を感じる。

今までに口にしたことのない味わいだった。

「……っ……ふ……」

その溶けた薬を擦りつけるように、レーニエが舌を絡めてきた。

──あ、あ……嫌、兄様……私に何を呑ませたの……？

甘い薬が唾液に溶けて、喉を滑り落ちていく。

レーニエの手が、アシュリーのドレスの背中を留めるホックを外した。

──だ、駄目……脱げちゃう……どうして……。

ドレスが身体から滑り落ちていくのがわかる。

アシュリーはあまりのことに目を閉じた。

身体が火照り、レーニエと『いけないことをしている』不安で脚が震え出す。

だが、見た目より遥かに力持ちのレーニエは、抱き込んだアシュリーの腰を放してくれなかった。

「ちゃんと呑んだ？」

淫らな口づけをやめ、レーニエが顔を離して尋ねてくる。

「な、何をなさるの」

指先で濡れた唇を拭おうとした刹那、レーニエの手が、アシュリーの身体に引っかかっていた質素なドレスを床に落としてしまった。

「い……嫌……やめて……」

「やめる？　あの女の子を部屋に呼び戻して、彼女と寝た方がいい？」

試すような言葉に、アシュリーの心が凍り付く。

「そんなの……嫌……、駄目……私じゃない子を側に近づけるのは……嫌……」

薄いシュミーズ姿のまま再び抱き寄せられ、アシュリーの鼓動が異様なまでに高まった。

「じゃあ素直に、足入れ婚を始めようね」

レーニエの手が、シュミーズの下に隠された肌に触れた。

下着の中にまで手を入れられるなんて、これは尋常な事態ではない。恋愛小説では『そして朝が来た』でごまかされている内容が現実のものになってしまう。

「だ、だめっ！」

「何が駄目なんだ。勉強不足の悪い子には実習が必要だろう？」

「な、な、何の実習……あ」

レーニエの長い指が下着にかかった。もうやめて、誰か助けて、そう叫ぶのが正しいのだろう。だが、アシュリーは動けない。

どうしたのだろう。あの甘い薬を呑んでしまってから、身体が火照る。

「だって、僕が他の女といるのは嫌なんだよね？　じゃあ、一生ずっと君が側に居てくれないと駄目じゃないか。そうだろう？」

意地の悪い質問と同時に、アシュリーの足から下着がずり落ちた。腿《もも》の半ばで止まって、今にも落ちそうだ。晒された脚の間がすうすうするのに、身体はどんどん熱くなる。

「わ、私が逃げたら、今度は、あの女の子を呼ぶの……？」

たったそれだけを喋った程度で、息が乱れた。

レーニエの冷え切った指が肌を滑るごとに、息が乱れて涙が滲む。

「君に嫉妬されるためなら、何度でも彼女を呼ぶよ」

レーニエがそう言って、耳元でクスッと笑った。

——なに……それ……。

身体の熱が高まると同時に、最後の砦だったシュミーズの紐までが器用に肩から落とされる。

ぶかぶかだったことが災いし、アシュリーの肌を隠すこともなく、ゆっくりと引力に従って足元へと落ちていった。

——兄様はなんでも知っているから、女の子の下着を脱がすのもお手の物なの……？

無理やり胸を押しつぶしていた胸当ても簡単に外される。

「やはりね。変だと思ってた……」

脱がせた胸当てを冷たい眼差しで見つめ、レーニエが吐き捨てた。

「な、何が変なの？」

レーニエの瞳には炯々《けいけい》とした青い光が宿っている。彼は剝き出しの胸を見つめながら、真剣な低い声で言った。

「君の胸が、二年前より小さいって思っていたんだ。むしろ育ったはずなのに、おかしいなって……予想どおりだな。なんだこの忌まわしい下着は……」

「……っ……な……」

　何を言っているのだろう。それでは、まるで変態のようではないか。アシュリーの胸の大きさを覚えていただけではなく、どんな大きさになるかも予想していたなんて。

　だがレーニエは、真面目そのものの表情で続けた。

「どうして綺麗な胸をこんなもので押しつぶすんだ？　君は何もわかっていないな」

　やや怒りの滲んだ声で聞かれ、アシュリーは答えた。

「お姉様の侍女が、最近の社交用ドレスは、胸が平らに見えるものが主流になり始めているって。だから、普段からそれで押さえて馴らした方がいいって……」

「ふうん、そうなの。でももう二度と着用しないように。こんな忌まわしい下着は捨てておくからね。ところでアシュリー、寒い？」

　アシュリーは中途半端に腿までずり下ろされた下着一枚の、情けない姿だ。

「さ、さむく……ない……あつい……何を呑ませたの、兄様……っ」

　揺れる乳房を覆い隠し、アシュリーは半泣きで尋ねた。

「それも教えてあげる」

　あっと思う間もなく、裸のアシュリーの身体が抱え上げられた。

　普段接しているときは、全く力持ちにも見えず、逞しくも感じないレーニエなのに、実際はアシュリーを軽々と持ち上げられるのだ。

「な……なに……し……」

身を竦めるアシュリーを寝台に下ろし、レーニエが覆い被さってくる。

レーニエの身体は大きいのだと実感する。

側にいると『逞しい』『背が高い』とは感じないのに、今は、そのまま丸呑みされそうなくらい大きく感じる。手の大きさも腕の太さも長さも全然違うのだ。

どうして『大人の男』であるレーニエを『昔のほっそりした可愛らしい兄様』のように感じていたのだろう。わからない。だがアシュリーの裸体を組み敷いている彼は、今までの静かで優しい『兄様』でないことは確かだ。

けれど、嫌ではない。

嫌ではないから、暴れて逃げようという気になれないのだ。むしろ……。

「お勉強不足の君は、足入れ婚が何をするものなのかわからないんだろう？　だから、僕が手取り腰取り教えてあげる。合計三十夜、合意のもとに肉体関係を持てば、僕たちは誰に憚《はばか》ることもなく、公的にも本当の夫婦になれるんだ」

「え？」

耳を疑うアシュリーを再び組み敷き、レーニエが唇を塞いだ。アシュリーの足に引っかかっていた下着が引き抜かれ、どこかにぽいっと投げ捨てられた。

「ついでに言うと、三十夜愛し合う前に子供ができれば、そこで結婚は成立する。その方が早いね、頑張って作ろうか？」

——今、何を作るっておっしゃったの？　子……？　えっ……？

いや、間違いなく言った。

今、レーニエは『子供を頑張って作ろうか？』と言った。

火照った身体が、その言葉にますます熱くなる。

アシュリーはいやいやと首を振ってレーニエの唇を振りほどき、声を張り上げた。

「駄目！　そんなことしたらお父様に怒られてしまうわ……！」

あまりのことに、全身の震えが悪化した。

かつてカッテルソルは、幼いアシュリーに『アシュリーの結婚相手など一切検討していない。レーニエと結婚させる予定もない』と断言した。

左宰相である彼の発言は、皇帝の発言に等しいはずだ。

なのに、勝手に結婚してしまうなんて……。

貴族の娘の結婚は、親もしくは後見人が決定する。それ以外、有り得ないのだ。

レーニエがどんな罰を受けるか、考えるだけで恐ろしい。

父に知られたら、きっと叱られるどころでは済まない。

「駄目、兄様！　わ、私だって、二人で裸になったら何をされるかくらいわかるわ！　結婚前の娘は淫らな真似をしてはいけないのでしょう？」

手にも足にも力が入らず、レーニエの肩を押しのけようとしても、まともに動かせない。

恐れと羞恥で力が失せ、身体中がぐにゃぐにゃになっていく。

「大丈夫、叱られたら、僕も一緒に陛下に謝るから」

言いながら、レーニエは着ていた服を滑らかな仕草で脱いでいく。あっという間に引き締まった胸板が露わになり、アシュリーは息を呑んだ。

「だ、駄目……なの……こんなの、お父様が、お許しに……」

「へえ、今から二人でまぐわいますのでお許しください、って陛下に奏上するのか？　それはそれで興奮するけど……そんな余裕ないな、後にしよう」

レーニエが薄く笑って、まとっていた最後の服を脱ぎ捨てる。

「だ、駄目、勝手なことしたら、二度とお父様のところに帰れなくなってしまうわ。私、ただでさえ……あんな、あ……」

レーニエの裸の身体がのしかかってきて、アシュリーの反論は途切れた。

「あんな、何？　陛下の命令で、宮殿の古びた別棟に幽閉されるような娘なのに……って？」

あっさりと言い放たれた言葉に、アシュリーは身体をこわばらせた。

「どうして知っているの！　それなら、私がお父様に目を付けられていることもわかるでしょう？　駄目よ……きっと、兄様まで罰を受けてしまうわ……」

「大丈夫だよ、僕も似たようなものだ。アインスノアール公爵という貴い身分を授かった一方、こんなものを刻まれている身の上だからね」

アシュリーを組み敷こうとしていたレーニエは腰に乗り、逃げられないように押さえつけたまま半身を起こした。

――どうしよう、兄様の裸まで見えてしまう……！

羞恥のあまり汗が滲む。

「見てごらん」

ぎゅっと目を瞑っていたアシュリーは必死に胸と恥部をそれぞれ手で押さえつつ、そっと目を開けた。

――やっぱり……知らない人みたい……。

アシュリーは焼けそうに熱くなった頬を意識しながら、そっとレーニエに目をやった。

引き締まって筋肉の浮いた逞しい身体は、宮殿に飾ってある美しい神の像のようだ。

――兄様、着痩せするんだ。

恥ずかしくて泣きそうな上、そわそわと落ち着かない。

――あまり変なところを見ちゃ駄目……！

「アシュリー、きょろきょろしていないで、こっちを見て」

レーニエに命じられ、アシュリーは彼が示す場所に視線を向けた。

――う……。

灰色の剛毛に包まれた雄杭が、腹につかんばかりに立ち上がっているのが見えた。

――と、殿方のものが、習ったとおりになっているわ。見たら駄目なのに……。

恥ずかしさに顔だけではなく身体中が熱くなる。

泣きそうになるアシュリーの様子に、レーニエが薄く笑う。

「そっちを見てくれても構わないんだけれど……見てほしいのはここ」

アシュリーは無言でレーニエの指先に目をやる。

滑らかな肌に刻まれた刺青を見た瞬間、アシュリーは身体をこわばらせた。

――刺青が……？　刺青は、罪人が入れるものでしょう……？

帝国では、刺青は忌避されている。

数十年前まで、刺青は罪人の証明であり、刺青がある人間は皆から仲間はずれにされ、避けられた。

父が即位したあとは法制度が確立され、公的に罪人に刺青を入れるようなことはなくなった。

けれど……それでも、皆『刺青をした人は怖い』と思っているし、避ける。

アシュリーだって刺青を入れられた人を見たら、きっと怖くて避けてしまうだろう。

レーニエは淡い笑顔のまま尋ねてきた。

「驚いた？」

無言で頷くと、重ねて問われる。

「こんな刺青を入れられた僕は嫌？」

アシュリーは慌てて首を横に振った。

「嫌じゃない……けれど誰が、兄様にこんなことをしたの？　どうしてこんなものが兄様の身体にあるの？　こんなのおかしいわ！」

「その話は今度ね。君に嫌がられないなら、僕は構わない」

「あ……っ……」

抗う間もなくレーニエが覆い被さってきた。

「兄様、まって、その刺青は何……」

「そんなことより、身体が熱くなってきていない？」

問われてアシュリーは唇を噛んだ。確かに熱い。熱いだけでなく、お腹の奥が疼《うず》いて、なんだか落ち着かない。むずむずする。

「ほら、こうすると、もっともっと効いて、熱くなるはずだ」

「え、な……にを……」

問いを封じ込めるようにレーニエが口づけてくる。思わず目を瞑ったとき、レーニエの長い指が、秘部を隠そうとする手を外した。

「い、いやっ！」

思わず唇をもぎ離して抗議したが、彼の指先は、あろうことか和毛《にこげ》に覆われた花弁をまさぐり始めた。

「いやぁぁっ！　何して、兄様だめ……あぁっ！」

アシュリーは組み敷かれたまま、レーニエの下で身をよじる。だが、その程度の抵抗などものともせずに、レーニエの指は柔らかな場所を執拗《しつよう》に弄《もてあそ》び続ける。

「どうしてそんなところ……っ、駄目、嫌なの、嫌……っ」

「嫌なんて言わずに、もっと脚を開いて」

そんなの無理だ。

レーニエにこんな不浄な場所を触らせるなんて……。

アシュリーは必死に首を振り、両手を伸ばして彼の悪戯な手を止めようとする。

「だ、だって、そんな場所触られるの……恥ずかし……あぅ！」

小さな粒を指先で潰され、アシュリーの身体がビクンと跳ねた。閉じ合わさった花弁の奥から、どろりと蜜が溢れてくる。

「ああ……まだ狭いな……」

レーニエはアシュリーの抗議に耳を貸さず、秘裂の縁を指先でたどり始める。

「あ……あ……だめ、そんなところ……あ……」

レーニエの身体が脚の間に割り込んでいるせいで、膝を合わせて秘部を隠すこともできない。大きく開かされた脚が、わなわなと震え始めた。

「駄目じゃない、ここに入っていいのは僕だけのはずだよ……それとも君は、他の男のものを入れたい？」

「な……っ……あっ……あ……」

レーニエの指先が怪しげな場所を滑るたびに、アシュリーの呼吸が乱れ、吐き出す息の温度が上がっていくのがわかった。

「僕は君の中に入りたい。今までも君に欲情して、抱きたいと思っていたけれど……ちゃんと気づいてくれていた？」

「う……嘘……どうして？　私なんて……お子様で末っ子の……あぁっ」

再び和毛に埋もれた粒を潰され、アシュリーはレーニエの手首を摑む手を放し、彼の首筋に縋り付いてしまった。

「気づいていなかったのなら、それはそれで僕の教育は成功したということだけど……寂しいな、今日なんて、可愛い君を抱きしめるたびに勃起していたのに」

「勃……起……」

アシュリーは爆発しそうに熱い顔のまま、レーニエの言葉を復唱する。顔だけではない。身体中さっきよりもますます熱くて、息が苦しくてうずうずするのだ。

――お腹に当たってる……これ……のこと……？

そこまで考えたとき、不意にレーニエの指がずぶりとアシュリーの秘裂に沈んだ。

その場所は、月のものを迎えたときのように濡れそぼっている。

「あ……！」

鋭い声を上げた瞬間、再びレーニエが唇を塞いできた。アシュリーの口腔に舌をねじ込み、言葉を封じたまま、中に入れた指でゆっくりと蜜洞をこじ開けていく。

「ん……んん……っ！　ん……ッ！」

これまでの人生で感じたことのない異物感から、アシュリーは身もだえて逃れようとした。熱い舌で口内を嬲《なぶ》られるたびに涙が溢れる。

けれど、嫌ではない。

こんな異常事態なのに、嫌ではないのだ。

アシュリーの中を行き来するレーニエの指先が、くちゅくちゅと淫猥《いんわい》な音を立て始める。

同時に、火照った身体の疼きがますます強まった。

「んふ……！」

「濡れてきたね、どう、痛くはないだろう？」

「……っ、やめて……やめ……っ……」

アシュリーが言うと同時に、レーニエの頭の位置が下がっていく。形のよい唇が、アシュリーの硬くなり始めた乳嘴《にゅうし》をちゅっと音を立てて吸い上げた。

「い、っ、やぁぁぁっ！」

立ち上がった乳嘴を舌で転がされ、アシュリーは必死にレーニエの頭を押し除けようとした。

「あぁっ、だめ、そんなの、舐め……あぁぁっ！」

舌先の動きに釣られて息が乱れ、お腹の奥がねっとりと熱くなってきた。初めての感覚だ。指先は未だに抜かれず、アシュリーの閉じた秘裂を開き、粘膜の柔らかさを味わうように、蜜洞の中をまさぐり弄んでいる。

「あ、あ、やだ……あ……」

胸の尖りを強く吸われた次の瞬間、レーニエの唇が離れた。

同時に、恥ずかしい場所をまさぐっていた指がぬるりと抜かれる。

「ずいぶん濡れてきた。これで大丈夫だね」

そう言って、レーニエが上半身を起こした。アシュリーの開いた脚の、膝の裏に手をかけ、そのまま持ち上げる。

秘部を晒す姿勢を取らされ、アシュリーはびくりと身体を竦めた。

――嫌、こんな、カエルみたいなの……恥ずか……し……。

けれど、身体が異様に熱くて起き上がることもできない。力がほとんど入らず、それとは裏腹に下腹部のじんじんとした痺れは強くなる一方なのだ。

「挿れるよ」

濡れそぼった蜜口の中央に、大きなレーニエの肉杭の先があてがわれた。

「だ……駄目……」

「そう？　刺青のある僕なんて、本当は受け入れられないんだ？」

「……っ……あ……兄様が嫌だなんてこと……絶対、ない……っ……」

アシュリーの答えに、レーニエが口の端を吊り上げる。アシュリーは吸い込まれるように、海の色に輝く美しい目を見上げた。

「じゃあ、僕のものになってくれるね」

アシュリーの目尻を涙が伝う。

駄目、拒んで、と理性の声が聞こえたのに、アシュリーは弱々しく頷いてしまった。

「……そう、嬉しいよ。君が僕を受け入れて、中まで全部汚《けが》されてくれるなんて」

レーニエはそう言って、切っ先をぐっとアシュリーの蜜裂に押しつけた。

閉じ合わさった花襞が、昂《たかぶ》る杭に押し開かれ、暴かれてゆく。

「い……っ……」

無理やり身体を開かれる違和感に、アシュリーは歯を食いしばった。レーニエは上半身を起こし、アシュリーを見下ろす姿勢のまま、ゆっくりと残酷な杭を奥へと進めてきた。

「ぬるぬるだ……ちゃんと入りそうで、よかった」

レーニエの掠《かす》れた声に、竦んでいた身体が異様な熱を帯びる。

「あ……あ……駄目……抜いて……」

「無理。君を抱くのが僕の人生の、唯一の願いだったんだから」

レーニエはそう言うと、アシュリーの脚を淫らに開かせたまま、ずぶずぶとアシュリーの中に押し入ってきた。

「ひ……う……」

呑み込まされるものが大きすぎて、怖くて声が出ない。ぎゅっと瞑ったアシュリーの目の端から涙が溢れた。

お腹の中がレーニエのものでパンパンで、内側から爆ぜてしまいそうだ。不安に震えるアシュリーの耳に、レーニエの声が届いた。

「全部入ったね」

レーニエを受け入れた部分はどろりと熱く痺れていて、痛みはあまり感じない。さっき呑まされた薬のせいで麻痺しているのかもしれない。

ゆっくり目を開けると、中空に投げ出された自分の脚が見えた。レーニエの美しい顔も、引き締まった見事な身体も。

アシュリーの身体の奥はレーニエのものを咥《くわ》え込み、びくびくと震え続けている。

「これで君は、僕だけのものだ」

レーニエの言葉に、アシュリーの心に諦めに似た感情が湧き出してきた。

――私、兄様を……拒まなかったわ……。抱かれようって思ってしまった。

皇帝家の姫君としては決して有り得ない選択だ。けれど、レーニエのムチャクチャな言葉を受け入れ、こんなふうに身体を許してしまった。本当はもっと暴れて大声を出せば防げたのに、そうしなかった。

――こんな悪い娘になったって、お父様が知ったら……。

今更ながらに恐怖が込み上げてくる。レーニエはアシュリーの歪んだ表情に気づいたのか、優しい声で言った。

「諦めて、アシュリー。足入れ婚はもう始まったんだ。神聖な約束を破棄するなんて許されない。安心して僕のものになるんだ」

「だ、だって……こんなの、赤ちゃんができちゃう……っ……」

口にした瞬間、更なる恐怖が込み上げてきた。

なのに、身体は諦めたかのように弛緩《しかん》しきっている。

『振り払って逃げろ』と理性ではわかっているのに、下腹部の疼きは強まる一方だ。

触れられた秘部からは、もっとレーニエに貫かれ、愛してもらいたいと言うかのように、次から次へと蜜が溢れてくる。

「そうなったら、二人でお祝いしようね」

「な……何言って……兄様のばかぁ……！」

泣きじゃくりながらアシュリーはレーニエを押しのけようとした。

その手首を圧倒的な力で押さえつけ、レーニエは真剣な声音で告げた。

「君は僕のものだ。一生離さない。だから、泣かれてもやめない」

レーニエの言葉に、アシュリーが必死でかき集めた抵抗が崩れ去った。

何を言ってもレーニエに最後まで抱かれるとわかったからだ。

――兄様……。

レーニエは性欲に任せてアシュリーを犯しているわけでも、政治的な思惑で強引に肉体関係を持とうとしているわけでもないようだ。

彼の言葉はどこかいびつでおかしいけれど、純粋にアシュリーを抱いて、永遠に自分のものにしようとしているのだろう。

そう理解した刹那、アシュリーの身体に諦念が満ちあふれた。

――抱かれてしまえば、いい……だって、私、兄様を独り占めしたいんだもの……。

アシュリーはレーニエが大好きだ。ずっと一緒にいたいと思っている。

レーニエに全てを委ね、許せば、思考や心だけではなく、身体の中の淫らな場所までレーニエに塗《まみ》れて、彼に染まって生きていけるのだ。

これ以上の幸せがあるだろうか。全身好きな人だらけになって生きていけるなんて。

――私の馬鹿、こんなことしては、駄目……なのに……。

空回りのような言い訳を、得体の知れない歓喜が上回った。

――でも、兄様のものになれるのよ。

恐怖ではなく、喜びで身体が震え出す。

「痛くないなら、動かしていい？」

アシュリーの腰を掴んだまま、レーニエがゆっくりと肉杭を前後させる。アシュリーの濡れた蜜口から、ちゅくちゅくと卑猥《ひわい》な音が聞こえた。

数回ゆっくりと擦られただけなのに、アシュリーの下腹部が未知の愉悦で波打った。一度拒絶が崩れたら、もう二度と拒めなくなる。

愛しいレーニエに未熟な身体を躾けられる喜びに、アシュリーの身体がわななき始める。

「兄……様……」

中をかき回されるたびに、妙な薬で鋭敏になった身体が反応し、肌が粟立つ。

アシュリーはあまりの快感に、己の手で顔を覆った。

だが、視界を塞いでも、音を立てて行き来する肉杭も、アシュリーの身体が知り始めた官能も消えてくれない。

レーニエの肉竿で粘膜を擦られるたびに、身体が燃え、昂っていく。

「ふ……う……あ……兄様……あぁ……」

ゆっくりと労るようだった抽送が、じわじわと速度を増していく。ぐちゅりと音を立てて突き入れられ、反応を楽しむかのようにゆっくりと抜き差しされるたびに、アシュリーの腰が揺れ、呼吸が弾《はず》んだ。

「あん……っ、あ、あぁ……」

「気持ちいいんだね」

見透かすような問いに、アシュリーはぎゅっと唇を噛みしめた。

「気持ちいいんだろう？　だってこんなに腰を揺らして、僕に食いついてくるんだから」

「……やぁ、あ、違うの……違うのぉ……」

情けない言い訳の言葉が、呆けたような気の抜けた響きを帯びる。媚びてよがって、もっともっととして、と言っているようにしか聞こえない。

「違うの、本当にいけないって……あ、あぁ、あぁぁぁっ」

不意に速くなった抽送に、アシュリーは快感に耐えかねて身をよじる。身体中が弛緩して、意識が繋がり合った場所にだけ集中する。

「や、やだ、もうだめ、やだぁ！」

ぐちゅぐちゅと淫音を立てながら、アシュリーは蕩けた悲鳴を上げた。

「嫌？　でも僕が他の女を抱く方が嫌だろう？」

レーニエはアシュリーの腿を摑む指に力を込め、動きを止めた。

「……っ……ええ……嫌よ……」

顔を覆ったまま、アシュリーは小声で認めた。

——兄様は、ずっとずっと、私だけの兄様じゃなきゃ嫌……。

どんなに言い訳しても、レーニエに自分以外の女性を愛してほしくないのが本音だ。

「じゃあ、顔を見せて」

優しい声で言われ、アシュリーはゆっくりと両手を外す。

「……可愛いね、泣いてよがる顔もこんなに可愛いなんて」

そう言って、レーニエがアシュリーの脚から手を放し、ゆっくりと覆い被さってきた。

唇が合わさり、乳房がレーニエの胸板に触れる。

「ン……」

舌で舌を舐められ、身体の火照りがますます強くなる。レーニエの肉杭を呑み込み、ぴくぴくと蠕動《ぜんどう》する襞が、もっと愛してとばかりにうねった。

「ちゃんと最後までさせて、アシュリー」

そんなこと、許されない。しかし、最後の抵抗も儚く褪《あ》せていき、レーニエに抱かれることしか考えられなくなる。

「ほら、こうすると、気持ちが良いだろう？　僕も、最高だ」

ぐりぐりと恥骨を押しつけられ、アシュリーの身体の芯が妖しく痺れる。

「や……だめ……兄様ぁ……」

弱々しく敷布を蹴るが、下腹の疼きは増すばかりだ。快感から逃れようともがくアシュリーは、いつの間にかレーニエの身体にしがみついていた。

「中がびくびく痙攣してる。いいよ、達してごらん」

「あぁぁ……っ！」

一番奥を強く押し上げられて、アシュリーの息が止まりそうになる。レーニエを咥え込んだ場所が勝手にぎゅっと締まり、目もくらむ快感と共に強く脈打った。

「ひ……」

弱々しい声を漏らしながら、アシュリーは身体中を震わせる。あまりの愉悦に口の端を涎が伝っていた。

「僕も君の中でいくからね」

柔らかな声で取り返しのつかないことを宣言して、レーニエが再び恥骨を擦り合わせる。

快感の熾火《おきび》が再び蘇り、アシュリーは短い声と共に背を反らした。

「いや……あっ……」

濡れそぼった蜜路の奥で、レーニエの欲が弾けるのがわかった。ドクドクと注がれる熱い液が、アシュリーのお腹の奥にじっとりと広がっていく。

――私、お父様のところに……帰れない身体に……。

頭の片隅で、他人事のように思った。レーニエの腕に抱かれて愛される満足感が強すぎて、背徳の思いすらどこかへ押しやってしまうのだ。

アシュリーを抱いて荒い呼吸をしていたレーニエが、しばらくして優しい声で言った。

「何も心配しなくていいんだよ、大丈夫」

「嘘……つき……」

そのくらい、口先で言われているとわかる。だが、そう答える前に、アシュリーのまぶたがゆっくりと下りてきてしまった。

――兄様が好きなの。兄様が、他の女の子と一緒にいるのすら嫌。兄様は私だけ見てくれなきゃ嫌……。

「足入れ婚は神聖な契約だ。君は永遠に僕のものになるんだからね」

――本当……？　本当に兄様のものに……？

今までに感じたことのない歪んだ満足感がアシュリーの心に込み上げてくる。

他の女の子が入ってこない世界で、ずっとレーニエと寄り添っていられるなら、こんなに嬉しいことはない。

――本当なら、嬉しい……。喜んでは駄目なのに。

不慣れな身体にレーニエを呑み込んだまま、アシュリーは気を失ってしまった。

第三章

レーニエは悪夢しか見ない。アシュリーを抱いた初めての夜に見た夢も、悪夢だった。

父の葬儀が終わった日の夢だ。

大人たちは皆、沈痛な面持ちで、幼いレーニエを放って何かを囁き交わしている。

「ダルマン家はどうなるのだろう、レーニエ様は……」

「別の貴族でアインスノアール公爵の位にふさわしい家格の者は誰だ」

大人の前では子供で居なさい。

それが亡き父の命令だ。

レーニエは落ち着きのないふりをして、つい最近まで父が座っていた椅子に上ったり下りたりを繰り返した。

――お父様は心臓発作で亡くなったんじゃない。内緒で『処刑』されてしまったんだ。

だけど、それを周りの大人に言ったら……きっと、僕も無事では済まないんだろうな。

レーニエは八歳だったけれど、『秘密処刑』が意味することはわかっていた。

処刑された父はもう帰ってこない。

そしてレーニエも、もう『若様』ではいられない。周囲の人間は、処刑された人間の子供を忌避するだろう。

――だから黙っていよう。僕の『しょぐう』とやらが決まるまで、何もわからず不安そうにしている子供の振りをしよう……。

そこまで考え、レーニエは一瞬だけ込み上げた涙を、必死で堪えた。

――結局、お父様は僕を一度も愛してくれなかった。僕のことを生意気だって、小賢しい顔が嫌いだっておっしゃって、頭を撫でてもくれなかった……。

レーニエは静かに椅子の上にうずくまる。

泣きそうな顔など他人に見られたくなかったからだ。

――そういえば、この国に『せいへん』は起きるのかな。大人たちが騒いでいるのって、結局それが理由なんだよね？

レーニエは顔を上げて、好き勝手なことを言い交わす大人たちの様子をうかがう。

三ヶ月前、レンティア帝国の女帝エリスヴィア陛下が、長年の病が癒えぬまま亡くなったのだ。

生まれたときから虚弱で、二十歳は迎えられないだろうと言われていたらしい。

――エリスヴィア様は、皇帝陛下だけど、『かいらい』というお人形なんだって、大人は皆言ってた。だけどお父様は、それは違うって。皇帝は、神に選ばれた存在なんだって。お前もエリスヴィア様のお姿を見れば、どれほど祝福された人間かわかるって……。

レーニエは顔を曇らせる。

愚かな父は色々な『強者』に依存したがった。

何の結果も残せなかった父が縋る先は、女神のごとき美貌の女帝だった。

大人しい女帝は、父のような歪んだ人間の忠誠にさえ『ありがとう』と言ってしまっていたに違いない。その優しさのせいで、父のような男に執着されてしまったのだ。

父のことが気の毒で、同時に、ひどく情けない気持ちになる。

アインスノアール公爵は、ブランジェニア朝で最大の権勢を振るった大貴族だ。

宰相への就任が試験制になる数十年前までは、アインスノアール公爵の位を持つものは、無条件に左右どちらかの宰相位を与えられていたという。

だが新制度が施行され、父は宰相候補試験を辞退した。妻を亡くして落ち込みが深く、宰相の執務には耐えられそうもない、というのがその理由だった。

――違うよ。お父様には宰相候補試験が難しかったんでしょう。

レーニエは、誰にも言えない言葉を、胸の中で呑み込んだ。

――試験に受からないって知られたくなくて、逃げたんだよ。お母様のこと、ずっと苛めていたくせに。昔なら、そのまま宰相になれたのにって、愚痴ばっかりだったくせに。可哀相なお父様。宰相になるには、頭が悪すぎたなんて……。

そう思うと、どうしようもなく父が哀れに思えた。

けれどレーニエにはわかる。

これは口に出してはいけない事実なのだと……。

宰相の位を諦めた父は、ただ生きているだけの『皇帝』を異常に崇拝するようになった。

身体が弱く、政務には就けない儚い少女。だが、その美しさは見る者の心を騒がせるのだという『女帝エリスヴィア』に。

——あのときこっそり見に行ってよかった。だってもう、エリスヴィア様は亡くなっちゃった。見に行かなかったら、ずっとお顔を見られないままだった。

レーニエは父の椅子の上で膝立ちになりながら、自分が見たものを思い出す。

それは、今から二年前のこと。

宮殿で実施された勉強会を抜け出し、忍び込んだ宮殿の奥庭で、レーニエはエリスヴィア帝の姿を目にしたのだ。

淡い紫の藤の花と、四季咲きの野薔薇《のばら》が揺らめく庭で、若く美しい女帝は微笑みながらイーゼルの前に座っていた。

彼女がエリスヴィア帝だとわかったのは、父から事前に話を聞いていたからだ。聞いたとおりの清らかで美しい姿に、レーニエは驚いてしまった。

エリスヴィアは、どうやら若い護衛騎士の肖像を手がけていたようだ。

——絵が上手なんだ。見てみたいな。

身を乗り出すと、エリスヴィアと若い護衛騎士がはっとしたように振り返った。

庭の入り口付近を守っていた、老いた番兵がやってきて、レーニエの悪戯を咎めるように怖い声を出す。

『こら、どこから入ったんだ？　陛下のお邪魔をしてはいけないよ、お身体が弱くて、自由に絵を描ける時間もめったにないのだからね』

レーニエは反射的に無邪気を装って笑い、『あのね、僕、陛下がどんな絵を描いているのか見たかったの』と答えた。

そのときだった。

『いいわよ』

エリスヴィアの優しい声がした。

『いらっしゃい、ぼうや』

エリスヴィアに手招きされ、レーニエは彼女のところに走った。間近で見るエリスヴィアは、本当に……今でもうまく言葉にできないくらい美しかった。

彼女のすぐ側に立つ騎士は、王立騎士団の『見習い証』を付けている若い男だ。

身体は大きいけれど、レーニエの親戚のお兄さんと同じくらいの歳に見える。多分、まだ二十歳になる前だろう。

『ぼうやは絵が好きなの？』

レーニエは頷き、エリスヴィアに尋ねた。

『陛下は、この騎士さまの絵を描いているのですか？』

そう問うと、若い護衛騎士が赤くなって口を挟んできた。

『俺は、陛下の絵の練習台なのだ』

朴訥《ぼくとつ》な口調に、エリスヴィアが愛らしい笑い声を上げる。若い護衛騎士はますます赤くなり、直立不動のまま口をつぐんでしまった。

この若い護衛騎士も、父同様にエリスヴィアを心から信奉しているに違いない。

だが、レーニエの目には、この若い護衛騎士がエリスヴィアに向ける眼差しは清らかに感じられた。父のいびつな忠誠とは正反対のものに見えた。

『わぁ……素敵な絵！』

レーニエは大きな画板を覗き込み、思わず歓声を上げた。そこに描かれていた若い騎士は、生き生きして優しそうで、今すぐにでも語りかけてきそうに見えたからだ。

エリスヴィアは真っ白な頬をかすかに染め、レーニエに微笑みかけてくれた。

『ありがとう。人を描くのは気恥ずかしいのだけれど、そう言ってもらえると嬉しいわ』

他に何を喋ったかは、もう覚えていない。

それが、レーニエがエリスヴィア帝の姿を見た最初で最後だ。

貴族たちは早逝した傀儡女帝にそれほど関心を払わず、一通り形だけの冥福を祈ると、その後はブランジェニア朝の終焉後の己の身の振り方ばかりを案じていた。

エリスヴィア帝は、ブランジェニア朝を維持するために生きていただけ。

彼女の魂は、か弱い身体に閉じ込められたまま、この世の楽しみを知ることもなく天国に帰ってしまったのだ。

レーニエは健康だから、生まれたときからずっと病気の人の気持ちはわからない。

そんな中、レーニエの耳に届いたのは、衝撃的な知らせだった。

父が、エリスヴィア帝の従兄、右宰相イルダネルに斬りかかり、ブランジェニア朝を終わらせることは許さないと叫んで投獄された、と。

──ああ、お父様、なんて愚かな真似を。

その後も父は牢内で『イルダネルを殺す』と言い続けたらしい。

誰の説得にも耳を貸さず、牢に連れて行かれたレーニエの姿を見ても『親心』を取り戻すことのないまま、先日、秘密裏に処刑された。

この事実が公表されるか否かは、皇帝イルダネルの胸三寸だという。

──お父様が考えていたことなんて、理解しては駄目だ。

レーニエは『子供の振り』をしながら目を伏せる。

──駄目だ。これ以上嫌いになりたくない。

父は特別なものになりたかったのだ。ダルマン家の嫡男として生まれ、絶世の美女と称えられていたアインスノアール出身の母を娶り、誰もがうらやむ特別な人生を送っていたはずだったのに。

『ジジイ共に神童呼ばわりされているからって調子に乗るな』

酒に酔った父に殴られたことを思い出し、レーニエは無意識に頬を撫でた。

――お母様に会いたい……。

レーニエの母は、三つの頃に亡くなった。

父と母は政略結婚をした当時から、ずっとうまく行っていなかったのだ。

母は、夫の暴言で傷ついた心を休めようとアインスノアールに帰っていたときに、故郷の祖父母と共に、鯨《くじら》を見る観光船遊びで事故に遭って、そのまま……。

死に顔を見ることもなかった。

――お父様と別居するとき、僕も、アインスノアールに連れ帰ってくれればよかったのに。そうしたら、一緒に天国に行けたのに。

父は『ガキは跡継ぎだから置いて行け』と、実家にレーニエも連れて行きたいと懇願する母を足蹴にし、追い出してしまったのだ。

再び胸を抉られるような悲しみが込み上げてきた。

一緒に連れて行ってもらえたら、今頃は優しい母と一緒に天国にいられただろうに。

処刑された父より、五年も前に亡くなった母を思って涙を流している自分の薄情さが、なんだか他人事のように感じる。

じっと大人しくしていたら、『弔問』と称して押しかけてきた親類や野次馬の姿はいつしか屋敷から消えていた。

「人払いさせたのだよ」

そこに立っていたのは、死神のような男……左宰相カッテルソルだった。

平民から成り上がり、今では『簒奪帝』イルダネルの腹心として辣腕《らつわん》を振るっている政治の異才。彼の眼差しの冷たさに、レーニエはかすかに身を縮める。

「今、アインスノアール公爵を失えば、軍部を掌握しつつあるアーベン公爵に権力が集中してしまう。よって私は、不慮の事故で亡くなられたレーニエ君のお父上の代わりに、君の後見人となり、君がつつがなく爵位を継げるよう、後押しをしたいと思う」

八歳という幼さでも、知能だけは異様に発達していたレーニエにはわかった。

カッテルソルは、イルダネルの安全のために、不安要素を全て排除したいと考えている。だから遺された幼いレーニエを、アーベン公爵の対抗馬に育てるべく、手を差し伸べてきたのだ。

彼には、可哀相な子供を助けるつもりなどない。

レーニエはこれからカッテルソルの『飼い犬』として教育される。彼の監視のもと、イルダネルの政権を安定させるための『道具』として育て上げられるのだ。

「来なさい」

レーニエの腕を引き、カッテルソルが氷のような声で告げた。

――僕は、死にたくない。お父様……ううん、あいつはお父様なんかじゃない。あんなにくだらない男の自爆に巻き込まれて死ぬなんて、絶対にごめんだ！

レーニエを取り巻く全てが、どろりとした闇に呑まれていく。

そのとき、闇を貫くような大声が響いた。

「レーニエ様、失礼ながら入室させていただきますっ！」

――ん？　アストン……？

そこで、レーニエは夢から覚醒した。

耳元ではっきりとアストンの声が聞こえたからだ。

「レーニエ様！　レーニエ様、大変です！」

――アストンは何を騒いでいる？

起き上がろうとして、はっとする。

自分は服を着ていないし、傍らにアシュリーの姿もない。アシュリーを無理やり抱いたあと、彼女を腕の中に捕らえたまま眠っていたはずなのに。

基本、悪夢しか見ないレーニエは、非常に寝起きが悪い。気まぐれで可愛いアシュリーは、いつもどおり猫のようにするっと出て行ったに違いない。

――アシュリーはどこに行ったんだろう？　あの子は悪戯するとき、いつも気配がしなかったからな。今も変わらず、僕の目を盗んでどこかで悪戯を……？

寝ぼけ半分で考えたとき、焦ったアストンの顔が視界に飛び込んでくる。

彼は『紳士にあるまじき』レーニエの裸体に、一瞬眉をひそめ、何か意見したそうな表情になった。

昨夜、『アシュリーを今後は妻同然に扱うから』とそれとなく告げたら、アストンは反対していた。

『まさか本当にアシュリー皇女と足入れ婚を始められたのですか』とでも言いたいのだろう。気持ちはわかる。散々『皇帝一族の面倒ごとに首を突っ込むな』と諫められていたのに無視して申し訳ない。

だが、アストンはレーニエの行いを咎めることなく、すぐに慌てた顔に戻った。

「大変でございます、アシュリー様が！」

「……あの子がどうしたの」

眉を寄せて尋ねると、アストンが早口で答えた。

「庭の木に登っておられます」

――アシュリーが……庭の木……うちの庭で、登れそうな大木といえば……。

「え？　あのミズナラに？」

「はい！　さようでございます！　家の者が危ないから降りるよう下で声をかけていますが、その、恥ずかしいから下から見ないでと繰り返すばかりで……ああ……」

アストンが恐ろしくてたまらないとばかりに顔を覆った。

なぜそんなことになったのだ。早く状況を確かめなければ。

レーニエが『服を着ていないので、席を外してほしい』と咳払いをすると、アストンは深々と頭を下げ、大急ぎで部屋を出て行った。

――何をしているんだ、アシュリー……。

レーニエは脱ぎ捨てた服を手早くまとうと、窓から顔を出す。

「えっ!?」

レーニエは、その場で声を上げた。

窓のすぐ側の枝に跨がったアシュリーが、猫を抱いたまま、気まずそうにニッコリと微笑みかけてきたからだ。

――ここは三階だよ……な……。

アシュリーのきらめく黄金の髪には寝癖が付いていて、白く儚げな顔には敷布の跡がくっきり残っている。

今朝も変わらず、柔らかく、愛らしく、可愛い天使ぶりだが、寝間着のまま裸足で木に登っているのは、なぜなのか……。

――君は……なんて危ないことをして……!

足がガタガタと震え始めた。

カッテルソルにどれだけ『抗えば殺す、突出する才を示したら殺す』と匂わされても平気なのに、アシュリーが三階と同じ高さの木の枝にいるだけで身体が凍った。

レーニエは悟られないよう素早く息を整え、アシュリーを驚かせないように、できるだけ穏やかに声をかけた。

「おはよう、木登りの達人なんだな」

「おはようございます、兄様。あのね、下にいる人たちに退《の》いてほしいの。ゆっくり登っていたら、見つかってしまって……」

林檎のように頬を染め、アシュリーが言う。

相変わらず、身もだえするほどに可愛い。木に登ってさえいなければ今すぐ抱きしめてくちづけたいほどだ。

「皆、君を心配しているだけだ。はしごを用意させるから動かないで」

「大丈夫なのよ。ただ、下から見られたら、は、穿いてないのが見えちゃうから……退いてほしいだけなの……」

──ああ、そうだ。僕が脱がせたな……。

レーニエは一瞬瞑目した。

アシュリーが猫を抱いたまま、もじもじと更に頬を染める。

「下から見られていたら降りられないわ……」

「どうしてそんなに高い枝に登ったの？」

「朝起きたら、木の枝に登って動けない猫ちゃんが見えたの。だから助けようと思って。ずっと震えてるわ、可哀相に」

──僕の足も震えているよ、アシュリー……。

動揺を隠し、レーニエは言った。

「わ、わかった、とにかく動かないで」

「それより下の人たちに退いてって頼んで、お願い！」

アシュリーが身動きするたびに、落ちるのではないかと気が気でない。だが、ここで問答していても事態は進まないだろう。

——仕方ない……。

レーニエは全力で階段を駆け下り、庭に飛び出して、青ざめている家の者たちに命じた。

「はしごはいい、一旦離れてくれ」

「レ、レーニエ様……ですが……」

全員アシュリーの華奢な身体を見上げたまま凍り付いている。

絶対に登れない枝振りではないのだが、普通の人間は登らない。なぜアシュリーは登ろうなんて思ったのだろう……。怯える猫を優しい彼女が放置できなかったのはわかるのだが。

「大丈夫。大丈夫だから」

自分が蒼白になっていることを自覚しつつ、レーニエは心配そうな家の者たちを、ミズナラの木の周りから離れさせた。

「アシュリー、これでいいか？」

「ええ！」

明るい声の返事と共に、ゆっくりとアシュリーが木を降りてくる。猫はアシュリーの肩にしがみついたまま動きもしない。

「イタタ……爪を立てないで、もうすぐよ」

白く艶めかしい素足がチラチラ見えるが、恐怖で胃が痛いばかりで何一つ嬉しくない。

気を失いそうになりつつも、レーニエは渾身の笑顔でアシュリーを見守る。

自分まで騒いで、アシュリーが恐慌状態に陥ったら危険だからだ。

――落ちるな、落ちるなよ、落ちるな……。

そのとき、アシュリーの白いつま先が、枝から滑り落ちた。枝が折れたのだ。

「あっ！」

アシュリーが声を上げると共に、レーニエは覚悟を決める。

――僕が下敷きに……！

とっさに駆け寄ったレーニエの頭上で、アシュリーは器用に幹を跨ぎ、別の枝からゆるりと降りてきて、ぴょんと地面に飛び降りた。

頭の中で、枝に足を置けなかったときのことも計算済みだったらしい。

腰が抜けそうになった。

アシュリーの肩にへばりついていた猫は、たちまちアシュリーから離れ、藪の中へと逃げていく。

「よかったわ、猫ちゃんが無事で」

手を払いながらアシュリーが笑う。

「僕の心臓は無事ではないけどね」

「ごめんなさい……あんなに高い枝から朝の挨拶をして」

アシュリーは裸足のまま申し訳なさそうに俯いて、くしゃみをした。

「寒いわ」

――ああ、僕の可愛いアシュリー……何からお説教すればいい？

レーニエはこれまで、アシュリーに『たくさん運動をしなさい』と教育してきた。

貴族の娘は全く運動せず、痩せたいからとコルセットで身体を締め上げて、絶食し倒れるような娘が多い。アシュリーにはそんな真似をせず健康でいてほしいのだ。

だが、どこで教育を間違えて、朝から木登りをするようになってしまったのだろう。

「部屋に戻ろう」

同じような寝間着姿なので、上着をかけてやることもできない。せめて冷えないようにと抱き寄せると、アシュリーは赤い顔のまま可憐に微笑んだ。

「あの、あのね、兄様、脱いだ下着がどこにも見当たらなかったの。猫ちゃんが落ちそうで危ないから、私、慌ててしまって……」

小声で言い訳をするアシュリーの肩を強く抱いたまま、レーニエは笑顔で言った。

「話は後でゆっくり聞くよ。まずは皆に一緒に謝ろうか」

レーニエの言葉に、アシュリーはしゅんとうなだれて『はい』と答えた。

ともあれ、レーニエの強引な足入れ婚は、こうして幕を開けたのだった……。

◆

――落ち着かないわ……。今日は格別に落ち着かなくって、駄目……。

アシュリーは、写生の道具一式を小脇に抱え、アインスノアール公爵邸の広い庭を歩き回っていた。

落ち着かない理由は、恥ずかしいからだ。レーニエに抱かれて身体を全部見られたなんて、どうしていいのかわからない。

――あ、あんなことをするなんて……あ、あんな……すごいことを、嘘……。

レーニエの手管に翻弄《ほんろう》され、ぐずぐずに蕩かされたことを思い出すと、彼の顔をまともに見られない。

今朝だって、いつもどおり早くに目が覚めてしまって、裸でレーニエに抱かれていることに気づき、羞恥で全身の毛が逆立つかと思った。

どうしたらいいものかと一人静かに焦っていたとき、木に登って降りられなくなった猫を見つけて、それを口実にこっそり部屋を飛び出してしまったのだ。

結果、あんな騒動になり、レーニエには木から降りる様子を下から見られてしまった。ただでさえ恥ずかしいのに、恥ずかしさが倍だ。

少し頭を冷やそうと、広々とした公爵邸の庭を五周したアシュリーは、ようやく片隅の花壇の側にイーゼルを立てた。

画帳をのせて鉛筆を手に取り、自然を生かした公爵邸の庭を写し取り始める。

アシュリーが閉じ込められていた宮殿の一角では、もしゃもしゃに茂った野薔薇や、伸びきった藤が庭を埋め尽くしていた。

——あんなふうになると、もはや野生の森みたいなのよね。ある程度は衛兵さんが管理してくれていたけれど、もうぐちゃぐちゃで。可哀相だったわ。元はいい木だったでしょうに。

だがこの庭は野趣に溢れていても、人の手はきちんと入っているのがわかる。人の手による管理と自然との調和が美しくて、時間を忘れて眺めていられる庭だ。

——私……本当に、他の女の子が兄様の側にいるのが……私の場所を取られるのが嫌だったんだわ。だからあんなことを許してしまって……。

あのじりじりした嫌な気持ちを思い出した刹那、嫉妬で胸が締めつけられる。同時に背徳感に気分が沈んだ。親の許可なく身体を許してしまったからだ。

——だけど嫌……兄様以外とあんなことできないわ……。嫌だ……私、兄様以外の殿方に触られたくない……。

庭を写生する手も止まってしまった。

力強い身体に組み敷かれたことを思い出したら、涼しい庭にいるのに、身体中が熱くなってきた。

『だって、僕が他の女といるのは嫌なんだよね？　じゃあ、一生ずっと君が側にいてくれないと駄目じゃないか。そうだろう？』

レーニエの甘く妖しい声が、脳裏に生々しく蘇る。

口づけされ、舌を絡め合い、恥ずかしい姿で愛し合ったひとときが頭に浮かび、手から鉛筆がポロリと落ちる。

アシュリーは、鉛筆を落としたことにも気づかないまま、火照った頬を両手で押さえた。

――だめだわ、やっぱり兄様の顔が見られない……恥ずかしい……私みたいな末っ子で、とびぬけた才覚もない娘が兄様のお嫁さんだなんて。

王宮では色々な人に『綺麗』『可愛い』と褒めてもらったが、そんなの、姉の全員が言われている。

皇女とはそういうものなのだ。

父が皇帝だから気を遣ってお世辞を言ってもらえる。

――年々派手になっていくこの髪色のせいで、幽閉から逃げ出した後は『アシュリー殿下は、イルダネル帝の娘ではないのでは？』なんて噂する人もいたし……まあ、私の場合はずーっとそうやって、面白半分に噂されていたから、気にしないけれど。

レーニエは本当にアシュリーのような『小娘』を『足入れ婚』で迎えてしまってもいいのだろうか。

手順は帝国の一般的な婚姻とは作法が違えど、正式に認められる結婚の手段なのだという。

三十夜肌を交わせば、法的に夫婦として認められてしまうと。

──約束を守ってくれたのかな。ずっと、私の一番大事な人でいてくれるという約束。兄様と結婚したら、私、知らない誰かと政略結婚をなくてもよくなるものね。

レーニエは幼い頃から重ねてきた『お互いがお互いの一番でいる』という約束を守り、これからもずっと一緒にいてくれるつもりなのだ。

だから、アインスノアールに伝わる方法で、強引にアシュリーを奪ってくれたのかもしれない。

そう思ったら、えもいわれぬ幸福感が胸に満ちてくる。

──私、もう政略結婚をしなくていいのかしら。そうだったら嬉しいな。今までも、少し憂鬱《ゆううつ》だったのよね。旦那様になる人が意地悪で、レーニエ兄様と毎日会っては駄目だと言い出したらどうしよう、とか……。

アシュリーの兄や姉は、政略結婚の相手と仲良くしている。結婚相手は長く過ごす相手なので、一番大事な人にすると決めたからのようだ。

けれど、アシュリーは、政略結婚をした旦那様を一番にすることはできない。

一番大事な人がレーニエのままで変わらない場合は、どうしたら良いのかわからず、少し不安だった。

──でも、兄様が何とかしてくださるわ。兄様は約束どおり、私の一番でいてくれる。

そう思えたから何も不安はなかったわ。

アシュリーは鉛筆を拾い上げ、黒一色で初秋のアインスノアールの庭を描き写し始めた。

空には雲一つなく、空気が澄み切っているせいか、葉っぱの色も鮮やかに、生命感が溢れているように見える。宮殿の庭の作り込まれた緑と違って、生命が息づいて見えた。

――自然が美しいってこういうことなんだわ。これが、美しい自然の姿なのね。

急に悟ったような気持ちになり、アシュリーは素早く手を動かす。

光に透ける葉は、できるだけ少ない線で表現したい。空があまりに明るいから、あえて境界線の部分を濃く書いてみよう。代わりに、照り返しの部分は真っ白にして鉛筆をのせない。光の強さがいい感じに表現できてきた。

無我夢中で手を動かしていたら、だんだんと日が翳ってきた。

――すごい……いつの間にかこんなに描けてた。いい絵が描けたわ。寒くなってきたから部屋に帰ってお勉強しよう……後回しにしていたけど……。

アシュリーは冷え切ったすねの辺りをさすり、絵の道具を手早くまとめて立ち上がった。

――明日はあそこの野薔薇の茂みを描こうかしら。お花は小さいけれど、とっても元気そうに見えるわ。きっとこれも、自然の力なのね。

庭の花を楽しんだあと部屋に戻ったアシュリーは、絵の道具を片付けて、再び『勅使様向けの資料一式』を広げた。

無心に写生にいそしんだら、気分も大分落ち着いた気がする。

――そういえば、兄様はどこに行ったのかしら？

アシュリーはレーニエを捜し、一通り屋敷を歩き回った。

だが彼の姿は見えない。アストンに聞いたら『お仕事で港の役場にお出かけになられましたよ』と言われ、朝の大騒動の謝罪は、夕飯のときにしようと思い直した。

しかし、夕飯を食べ終わっても、レーニエは帰ってこない。

アストンは『帝都からの使者が着いたのでしょう。たまにいらっしゃることがありますから』と教えてくれた。

——帝都からの使者？　まさか、お父様がご病気とか……ううん、それなら私に真っ先に教えてくれるはずだし。

アインスノアールに来て、こんなに長い時間レーニエが不在なのは初めてなので落ち着かない。

——ちゃんとお勉強しなきゃ。

アシュリーは露台でレーニエを待つのをやめ、自室に戻った。

文机につき、資料に目を通した瞬間、はあ、とため息が漏れる。

——難しい……。

昨夜しっかり読んだはずなのに、何も頭に入っていないことに気づいた。

資料を読みつつ、アシュリーはため息を吐く。気を抜くとレーニエのことばかりが浮かんできてしまうのだ。

——ああ、兄様……。

再び頭の中がぽわんとしてきて、アシュリーは慌てて資料を覗き込む。

「えっと、先代エリスヴィア帝の御代に定められた法律、条例は、実質、実質……えー、お父様やカッテルソル様が決めた……これは昔習ったわ」

独り言を言いながら、アシュリーはぺらりとページをめくる。

「エリスヴィア女帝の残した功績はほとんどなく、ブランジェニア朝は十八年前に彼女の死によって途絶え……」

読んでいるうちに、全く褒められていないエリスヴィア女帝が気の毒になってきた。カッテルソルの息がかかった役人が作った資料なので、前王朝の最後の女帝を褒めないのは、百歩譲って仕方がない。

しかし、もう永遠に反論できない人を悪く言うのはどうかと思う。

――私も『皇帝家の余り物』なんて言われているのを知っている。なぜイルダネル帝はあんなみそっかすを認知したのかって陰口を叩かれているし。だからかしら、この女帝陛下に、妙に同情してしまう……。

彼女は歴史学の授業でもほとんど話題に上らない『蜻蛉女帝』と呼ばれた人物だ。

ずっと病弱で、生まれつきの体質ゆえ治療も叶わず、何とか生きながらえるも、二十二歳で病没し、ひっそりと皇帝家の廟《びょう》に葬られているという。

子供がいたとも、誰かに聞いた気がする。だが、正式には結婚をしていないはずだ。

男の皇帝が愛人に子供を産ませた例は歴史上多々ある。女性の皇帝が愛人の子を産むこ
とも……ないわけではないのだろう。

兄や姉も、一応はその話を知っていた。

『先代皇帝？　ああ、子供はいたって聞いたけど……生まれてすぐに風邪を引いて、死んでしまったんだよ、確か。可哀相にね』

『赤ちゃんは体が弱くて、修道院かどこかで亡くなったらしいわ』

困ったように教えてくれた話は『赤ちゃんの頃に亡くなってしまった』という点以外は、曖昧だった。どちらにせよ皇帝家の私生児として、光が当たらないまま消えゆく定めの子だったに違いない。

——お兄様もお姉様も、可哀相な運命をたどった赤ちゃんの話なんて、あまり思い出したくなかったんだわ。皆、言葉を濁していたものね……。

エリスヴィアには『子供』と呼べる存在がいたのかもしれない。

だが、その子は今はもういない。

残されたエリスヴィアの肖像も、まともなものはない。

お金が欲しくていい加減に描いたような、質の悪いものばかり。絵描きの端くれのアシュリーにはわかる。

それなりに腕のよい絵師が描いた彼女の肖像は、父帝の即位のおりに、カッテルソルが処分してしまったと聞いた。

——ずっと病気で苦しんで、若くして天に召されて、大事だったろう赤ちゃんまで亡くすなんて……なんて可哀相なの……。

健康すぎる自分には、亡き女帝の辛さはわからない。

けれど、身体が弱かったのは彼女のせいではないのに、まるで無能であるかのように書き残されているのは可哀相だ。

「どうしてため息をついているの？　勉強は進んでいる？」

突然レーニエの声が聞こえ、アシュリーは椅子から飛び上がりそうになる。

「に、に、兄様……いつから……」

「君が可愛らしく音読を始めた頃から、ずっとここにいたよ」

悪びれないレーニエの答えに、アシュリーの顔が焼けそうに熱くなった。

——私、すぐに周りが見えなくなってしまうわ、一度考え込むと。

レーニエの顔を見られなくて朝から今まで屋敷中をうろうろして、落ち着かなく過ごしていたのに。いつの間にか間近にいるなんて反則だ。

「か、勝手に……入ってはいけないわ、淑女の部屋に……」

自分らしくもないか細い声が出た。

俯いた刹那、跳ねまくった細い髪が視界に飛び込んできて、慌てて髪をなでつける。

——あぁ……いけない、私、朝から一度も髪を梳かしてないわ。アストンさんがじっと見てたのは、きっとこの寝癖のせいね。

焦って髪を引っ張るアシュリーに、レーニエは言った。

「淑女は、朝から裸足で木に登るのかい？」

「意地悪をおっしゃらないで、兄様。言ったでしょう、猫ちゃんが落ちそうだったからって」

反論しながらも、自分でもどうかしていたと思う。とにかく、レーニエの側にいるのが恥ずかしくて、今も恥ずかしいのだ。失態ばかりで本当に嫌になってしまう。

「ごめん、知ってるよ。君が、とても優しくて勇敢《ゆうかん》なお姫様だってことは」

そう言ってレーニエは、アシュリーの部屋の寝台に腰を下ろした。

「おいで」

柔らかな声で呼ばれ、アシュリーは操られたように立ち上がる。

目を合わさずに彼に歩み寄り、傍らに腰を下ろした。膝の上で拳を握り、身を固くしていると、レーニエが言った。

「あ、その前に姿見をここに持ってきて」

——姿見を？

不思議に思いつつ、アシュリーは背の高さほどもある大きな姿見を運んだ。小さな頃から力持ちなので、この程度は大して重くは感じない。

普段、人に用事を言いつけないレーニエにしては、珍しいなと思ったけれど。

「ここに置けば良いかしら？」

「いい子だ。じゃあ僕の膝に座って」

アシュリーは立ち尽くした。

レーニエに『今日は帝国の使者が来たと聞いたけれど、何があったの』と尋ねるのも忘れ、呆然と彼の美しい顔を見つめる。

「おいでよ、早く」

――ひ……膝……ですって……？

当惑するアシュリーの手がぐいと引かれる。あっという間に体勢を崩し、アシュリーはレーニエの膝に座り込んでしまった。

「きゃっ、ごめんなさい、兄様……っ！」

「いいんだ、僕の方こそ立ち上がるのも苦しくて。鏡を運ばせてごめんね」

「どうなさった……の……？」

何気なく尋ねたアシュリーの疑問は途中で途切れた。レーニエの長い指がアシュリーの手を取って、大きくそそり立つものに触れさせたからだ。

「今夜も君と過ごせると思ったら、もう限界で」

悪戯っぽい囁きに、アシュリーの身体が燃えるように熱くなった。

「あ、あの……えっと……」

幼い頃のように膝に収まったまま、アシュリーは顔を赤くする。

レーニエが唇を近づけ、困惑するアシュリーの唇を奪った。無意識にレーニエのものを服の上から握ったまま、アシュリーは愛しい唇を受け止める。

「そういえば、昨日、僕とアシュリーのおそろいの印を見つけたよ」

「え？　な、なあに？」

陶然《とうぜん》としかかっていたアシュリーはレーニエの問いに我に返る。

「教えてあげる。鏡の方を向いて座ってごらん」

――……ひ、膝の上に座ったままで……っ？

まだ落ち着いて座っていられなかった幼少の頃、児童向けの観劇や音楽会で、レーニエや侍女の膝にこうやって座らされたことがある。

十歳くらいまでは、おやつを食べるときにレーニエがこうして抱っこしてくれることもあった。だが、さすがに……この歳ではありえない。

――今更だけど、よくよく考えると十歳でもだめのような気がするわ……。

「ほら、早く」

アシュリーは、訳もわからず握りしめていたそれから手を放し、無言で立って、レーニエに背を向けて彼の膝に座り直した。目の前には鏡があって、自分の間の抜けた姿が映し出されていて恥ずかしい。

「座ったわ。もうお膝から降りていい？」

「ダメだよ」

レーニエはアシュリーを抱いたまま、寝台の奥へと座り直す。そしていきなり、膝裏に手を入れて、アシュリーの両脚を大きく広げさせた。

質素なドレスの裾が巻かれて、下半身が鏡に大映りになる。

「な……っ！　ちょっ、兄様……っ！」

たちまち赤面したアシュリーに構わず、レーニエは強引に足を広げさせたまま、真面目な口調で言った。

「君は、こんな姿勢で自分の身体を見たことある？」

「あ、あ、あるわけないわ……っ！」

あまりのことに舌がもつれそうになった。こんなふうに下着丸出しで鏡を見るなんてこと、するはずがない。そう答えようとしたとき、アシュリーはおかしなものに気づいた。黒い模様が、昨夜レーニエと繋がった場所の側、お尻側に近い場所にあるのだ。

──なに、これ……？

アシュリーは抵抗を忘れ、鏡に映る妙な印に目を凝らした。四角に×印を重ねた簡単な模様だが、直線の連なりなので、自然にできたものとは思えない。

しばらく見つめるうち、じわじわと不安が込み上げてくる。

──これ、もしかして、刺青……？

アシュリーは手を伸ばし、恥ずかしい場所のそばにある印に触れた。手触りは他の部分の肌と変わらず、凹凸はない。

刺青だ。こんなふうに淫らな体位を取らされなければ見えない場所に、いつの間に入れられたのだろう。

「昨日君を抱いたときに見つけた。この刺青、僕と同じ模様なのがわかるかい？」

レーニエは、動揺するアシュリーとは反対に落ち着き払っていた。

「一昔前までは、政治犯が勝手に性交しないように、秘部の近くにこうやって刺青を入れていたんだ。これは『禁蝕印』と言うんだよ。現代では嫌がらせのようなものだけれど……この禁蝕印を見た人間は、面倒に巻き込まれるのを嫌がって逃げ出すだろう」

低い声で告げられ、アシュリーは息を呑む。

――知らない……覚えていない……いつ入れられたの……こんな場所に！

産みの母の名もわからず、突然幽閉され、今度はアインスノアールに閉じ込められて。こんなひどい扱いを受ける理由は、もしかして、この刺青にあるのだろうか。

そう思った刹那、ふんわりと感じていただけの不安が、鮮やかな恐怖に変わる。

「どうして……？　私、罪なんて犯していないのに……」

アシュリーが『罪人』なのだとしたら、レーニエまで面倒ごとに巻き込まれるかもしれない。

「わ……私……知らなくて……兄様まで何かの罪に問われてしまわない？」

口元を押さえてアシュリーは震え出す。

「ど、どうしよう……兄様が……」

「僕は大丈夫だよ。だって、君と同じ刺青があるだろう？」

初めて知った忌まわしい事実に、アシュリーの目に涙が滲む。

レーニエがアシュリーを抱いたせいで罰を受けたらと思うと、恐怖でどうして良いのかわからなくなってきた。

「私は良いの、私は怒られても……でも……兄様が……」

震え声のアシュリーの問いに、レーニエはかすかに微笑んだ。

「平気だよ。僕の刺青は、罪人の証と言うよりも、僕が左宰相様の犬になったことを示す印だからね……」

「さ……左宰相……カッテルソル様のこと……？　なぜ？」

レーニエは淫らな姿勢でアシュリーを抱いたまま、淡々と続けた。

「十八年前、僕の父親は、愚かにもイルダネル陛下に刃を向けたとして、秘密裏に首を落とされたんだ。でも子供だった僕だけは、この刺青を入れるのと引き換えに、命を助けられた。つまりこの刺青は、カッテルソル様への恭順の証なんだよ」

——そんな話……知らない……私……！

アシュリーは青ざめたまま、唇を嚙む。

こんな変な体勢で捕らえられている場合ではない。

「君にも同じ刺青があるということは、僕と同じように通常の結婚は制限されているのだろうね。だけど、僕はそんなものどうでもいい。アインスノアールの足入れ婚は、両者の同意だけで成立するんだから」

レーニエに説明され『そうね』と言いそうになったが、違う。そうではない。絶対にそれは間違っている。

「だ、だけど私は、刺青には心当たりがないわ。私の刺青は、生まれながらの罪人の証なのかもしれない。もしそうなら、昨日のように抱き合ったりしては駄目でしょう？」

生々しい昨夜の性交を思い出した刹那、頬が熱くなってきた。

「いいんだよ、僕となら何をしても」

レーニエの指が秘部の側に刻まれた刺青をつっと撫でる。刺青への恐怖がレーニエの甘い悪戯でじわじわと溶かされていくようだ。

「だ、駄目。よくないわ……」

本能が『兄様が大丈夫と言っている、もう考えるな』と訴えかけてくる。危険だ。流されては駄目なのに……。

「心配なら、僕がどうにかしてあげる。アシュリーを悩ませる問題がなくなるように頑張ってみるよ。……それより今は、可愛い君と愛し合いたくて仕方がないんだけど」

レーニエがアシュリーを抱えたまま笑う。

「なっ、何を……？　そんな曖昧なことをお約束していただいても駄目よ。私は兄様が罪に問われるようなことはしたくないの」

きっぱりとレーニエの甘い誘いをはね除けようとした刹那、恥ずかしい格好で開かれていたアシュリーの脚が解放された。

——よかった。

だが、立ち上がろうとした拍子に、後ろからアシュリーの乳房がわしづかみにされる。

たよりなく揺れる柔肉に彼の長い指が生々しく食い込んだ。

「刺青の話は終わり。そんなことよりも、朝から危険な木登りをした悪い子猫に、お仕置きをしなくてはね」

背後からレーニエに抱きすくめられ、アシュリーは抗おうともがいた。

「な、何をなさるの！　お仕置き……？」

お仕置きなら仕方ないのでは……？　と、アシュリーは素直に思ってしまった。

木に登って皆を心配させたのだから、怒られても仕方がないのかも……と。

だが、すぐに我に返る。

——違う、これはそういうお仕置きではないわ。

大きな手の中で揺れる乳房が、不意にきゅうっと硬く尖った。

「あ……あの……兄様……お仕置きって……何かしら……」

「服を脱がせるよ、下着も全部……いいね？」

「え、あ、あの、駄目……」

アシュリーの抵抗も虚しく、レーニエがドレスに手をかける。振り払おうとした刹那、背後からがぶりと耳を嚙まれた。

「きゃぁっ！」

「反省していないの？　動かないで僕の言うとおりにして」

「で、でも……兄様……っ……」

あっさりとドレスが床に落ちる。下着姿になったが、これも引き剝がされてしまった。

鏡の向こうのアシュリーは、瞬く間に一糸まとわぬ姿だ。

全裸で鏡の前に立つなんて恥ずかしすぎる。それに、背後でアシュリーの頭に頰ずりしている彼は、一枚も服を脱いでいない。

「何をなさるの？　……あ……！」

質問すると、再び耳をがぶりと嚙まれた。痛くはないが、唇の感触に耳朶がじりじりと熱くなる。鏡に映るアシュリーの乳嘴が、ぽっと桃色に染まった。

「兄様……何を……」

レーニエの右手が、アシュリーの剝き出しの右の乳房を摑んだ。耳を嚙まれたまま柔らかな盛り上がりを揉みしだかれ、身体の奥に、覚えたての甘い疼きが湧き起こった。

「ん……っ……」

小さく声を漏らし、アシュリーは思わず膝を閉じ合わせる。なんだか、昨日繰り返し貫かれた恥ずかしい場所が、またかすかに濡れてきたようだ。

——ああ、駄目……濡れてしまっては駄目……。

せめてもの抵抗に、アシュリーはレーニエの右手に手をかけた。

「そんなふうに触ら……あぁんっ！」

だが、ものの一秒で抗いの言葉は嬌声《きょうせい》に変わる。レーニエの指先が、ぎゅっと敏感な胸の蕾《つぼみ》をつまんだからだ。

身をくねらせたアシュリーの隙を見逃さず、今度は左手が、足の間に忍び込んできた。

「い、い、いや、何して、どこに触って……あ……あぁ……」

必死に腿をぴったり閉じても、レーニエの指は容赦なく和毛の奥へと入り込んでくる。

鏡には、背の高いレーニエに捕らえられ、顔を赤らめ涙目でもがく、全裸の女の姿が映っている。

「やだぁ……っ！　鏡、恥ずかしい……あ、やぁぁっ」

振りほどこうとするほどに、レーニエの腕の力は強まった。

レーニエの腕の中で、アシュリーの乳房がゆさゆさと揺れて踊る。

自分の姿とは思えないほどの扇情的な眺めに、アシュリーの膝がわなないた。

「あ！」

ついに指が、和毛の中で火照って芽吹いた花芽に触れる。そこに触れられた瞬間、アシュリーの全身にいやらしい疼きが走った。昨日たくさん感じさせられた、おかしくなりそうな快感と同じモノだ。

「ああ、耳もここもすっかり熱くなっているね」

耳朶から唇を離し、レーニエが低い声で語りかけてきた。濡れ始めた茂みの辺りを、レーニエの指が繰り返しくりくりと刺激する。同時に乳房を嬲るようにぎゅっと摑まれ、アシュリーの身体がこわばった。

「あ……い、いや……こんなの……っ……」

鏡の向こうの白い肌が、じわじわと桃色に染まっていく。

嫌だ、やめてと言いながら、アシュリーの身体はレーニエの悪戯な愛撫を歓迎し、素直に喜んでいた。

「愛し合う前に、昨日の古い精を君の蜜で洗い流さねば駄目だ」

「……？　な、なに……兄様……」

息を弾ませ、レーニエの腕に指をかけたまま、アシュリーは恐る恐る聞き返す。鏡の向こうの自分は目を潤ませ、唇を濡らして、正視できない蕩けた顔になり始めている。

「もっと気持ちよくなって、伝い落ちるくらい濡れてくれないとね」

「っ、な、なに……もう気持ちいいのに……あ……」

レーニエの指先が、ぎゅっと花芽を押した。快楽に弛緩していたアシュリーの身体がこわばる。

「中も、この可愛い粒も同時に触ってみよう。早く古い精を掻き出さないと……。新鮮なものしかアシュリーにはあげたくないし」

「や、やだ、やぁ……朝、お風呂で……ちゃんと……洗っ……あぁ……っ！」

抗うアシュリーの膝頭から力が抜け、懸命に閉じていた足がゆるゆると開いていった。

レーニエの大きな手が足の間に割り込む。

二本の指がぐちゅりと蜜音を立てて、雄を知ったばかりのアシュリーの中へと沈み込んでいく。

嬌声を堪えかね、アシュリーは唇を噛んだ。レーニエの指が柔肉を弄ぶようにくちゅくちゅと行き来する。

「ひ……う……」

「あ……あぁ……」

ただ指で可愛がられただけで、アシュリーの身体はたやすく達しそうになる。

レーニエの腕を掴む指に力がこもり、両脚に、意図せぬ変な力が入った。

「どうしたの、そんなに力いっぱい咥え込んで。まだ指だよ」

耳元で囁きかける低い甘い声が、淫らな響きを帯びる。

「や、やだ、中いじっちゃ……あぁんっ」

アシュリーの呼吸が短く、熱くなっていく。

「は、あ、っ……」

愛撫される蜜口から、とろとろと熱が滴る。視界が快楽で曇り始めた刹那、レーニエの指はゆっくりと抜かれた。

「駄目だな、指では、奥までたっぷり注いだ分が出てこない」

嫌な予感がして、アシュリーは身じろぎする。だが、弄ばれて火が点いた身体は、言うことを聞いてくれない。

「ちょっと待っていてね、アシュリー」

アシュリーは言われるがままに抱き寄せられ、寝台にうつぶせに横たえられた。

──だ、だめ……私また流されて……。

裸のまま敷布に身を投げ出していたアシュリーは、起き上がろうと腕を突っ張った。その拍子に、大きな手がひょいとアシュリーの腰を引き寄せる。

「ま……待って……」

猫のような体勢を取らされ、アシュリーは這いつくばるような姿勢で、レーニエを振り返る。まさか、後ろからアシュリーを抱こうとしているのだろうか。

「あ……あ……駄目……っ……」

あっさりと服を脱いだレーニエが、昂る己自身を、濡れほころびたアシュリーの蜜口に押し当てる。

「い……ッ」

こんな動物のような格好で、恥ずかしすぎる。そう思った瞬間、狭い蜜路が屹立でゆっくりとこじ開けられた。

圧倒的な異物感に声も出なくなる。嫌なのに、恥ずかしいのに、アシュリーはもう逃げられなかった。

「あぁぁぁっ」

ずぶずぶと押し入ってきたものが、不慣れな姿勢のアシュリーを深く貫く。同時に首筋をがぶりと甘噛みされ、アシュリーは背を反らして声を上げる。

「やっ、あ、なんで……首……っ……」

「親猫は、悪い子猫をこうやって躾けるだろう？　木登りなんてした君へのお仕置きだ」

冗談めかした口調で言い、レーニエがアシュリーの身体を強引に抱き起こす。

肉杭に穿たれたまま、アシュリーは膝の上に抱えられてしまった。

「く……やだ……深い……あぁ……」

姿勢を変えられたことで、アシュリーの身体が再び鏡に映し出される。

レーニエの腕の中で後ろから貫かれ、繋がり合う秘部を晒す淫らすぎる姿。

「見てごらん、君はこんな顔で僕と寝ているんだよ」

鏡越しに目を合わせ、レーニエがアシュリーの涙を拭って笑う。

レーニエを呑み込んだ秘裂が震え、絶え間なく蜜を垂らしているのが見えて、アシュリーは思わず目を逸らした。

「見なさい。ほら、ここがこんなふうに桃色に染まって、とても綺麗だ」

レーニエの指がアシュリーの乳嘴を嬲るようにつまむ。

「あぁぁっ！」

膝に抱え上げられたアシュリーの身体が、びくんと跳ねた。同時に、貫かれた場所がぐちゅっといやらしい音を立てる。

「ここだって、こんなに可愛らしく動いて……餌をねだるお魚みたいだね」

「ひ、う、っ」

晒された秘芽を指先で弄ばれて、アシュリーの身体がこわばった。つま先が意思とは裏腹に屈曲《くっきょく》し、目尻から涙が伝い落ちる。

「アシュリー、ここが気持ちいいの？」

「あ……あ……」

力の入らない身体でもがいても、レーニエの与える快感からは逃れられない。敏感になった淫核を再び指で擦られ、アシュリーはレーニエの胸に頭をくたりと預けた。

「や、やだ……鏡……いや……」

涙に濡れた赤い顔で、鏡の向こうのアシュリーが喘いでいる。こんなに恥ずかしい自分の姿を見せられて、どうして良いのかわからない。

「どうして？　君がどんなに淫らで綺麗なのか、ちゃんと覚えておいて」

蜜でぬるぬるになった指先で粒を擦られ、アシュリーの下腹部が波打つ。

——嫌……こんな格好で……恥ずかしい……。

だが堪えられず、アシュリーの未熟な身体は絶頂に押し上げられてしまう。けれど、もう少しで達しそうなのに、焦らされているだけで、そこにたどり着けない。

「に……兄様……ぁ……」

アシュリーはレーニエの腕に戒められたまま、不器用に身体を揺する。けれど、欲しい刺激はまるで得られなかった。

「どうしたの？　いけなくて苦しい？」

「ち……違……」

あっさり見抜かれ、アシュリーは慌てて言い訳をし、首を横に振った。レーニエは薄い笑みと共にアシュリーの乳房を揺らしながら、耳元に唇を寄せてきた。

「僕に愛されているときの顔はどう？」

レーニエの問いに、アシュリーは唇を噛む。彼の指が開かれたアシュリーの内股を撫で、小さな刺青を軽くつまんだ。その刺激だけで、アシュリーの蜜路が切なく収縮する。

「僕には、君の身体全部が、途方もなく甘く美味しそうに見える」

屹立を呑み込みはち切れそうな秘裂の縁をなぞり、レーニエはアシュリーの頭に頬ずりしながら言った。

「僕に抱かれて、胸をこんなに尖らせて、身体中を薔薇色に染めて、こんなふうにいっぱい欲しがって濡らしている君を、美味しく味わい続けたい」

「……っ……兄様……ぁ……」

アシュリーの身体が燃えるように熱くなる。レーニエはアシュリーの限界を悟ったのか、こめかみに口づけて、再びアシュリーの身体をうつ伏せに横たえる。

レーニエのものが、淫窟からずるりと抜け落ちた。

「は……う……」

もう終わりなのかと思った刹那、獣じみた力で腰を摑まれ、高く上げさせられた。

上半身は寝台に伏せ、敷布を摑んだままのアシュリーに、レーニエのものがゆっくりと入ってくる。濡れてぐずぐずの蜜路があっという間に肉槍を呑み込んで、内股にぬるいも

のが幾筋も伝う。

「アシュリーは、あんないやらしい顔で僕に愛されているんだよ、勉強になった?」

からかうような口調とは裏腹に、レーニエの抽送は激しさを増していく。

「意地悪……意地悪……っ」

アシュリーはいやいやと首を振り、敷布に額を押しつける。

貫かれるときの、ぐちゅぐちゅという音がいつもより大きく聞こえた。揺すられた乳房が敷布で擦られ、痛いほど硬くなってくる。

――ああ……だめ、だわ……こんなの……。

ぱん、ぱん、と音を立てて腰が叩きつけられるたび、内股を新たな蜜が伝い落ちた。

アシュリーの中は獰猛な音を立ててレーニエを貪っている。

「やだ、やだぁ……っ……兄様……見ないで……」

こんな恥ずかしい体位を見られたくない。アシュリーは身体を穿たれながら、無意味に這って逃げようともがいた。

しかし、敷布の上でのたうち、快楽をごまかそうとしても限界がやってくる。お腹の奥がじくじくと熱くなり、耐えがたい波がアシュリーを呑み込んでしまう。

「あぁっ、あぁ!　いや、いくの、見ないで……ッ!」

アシュリーは必死で敷布を摑み、圧倒的な悦楽をやり過ごそうとした。

「や……あぁ……あ……」

骨まで溶けるような官能の火が、アシュリーの初心な身体から全ての抵抗を奪い去る。

ぐったりとしたアシュリーの身体を揺すり、激しく肉杭を前後させながら、レーニエが乾いた声で言った。

「ああ、最高だ、君の中は……」

荒い息づかいと共に、アシュリーのお腹の中にたくさんの熱いものがまき散らされる。

レーニエの指は、お尻に食い込むほどの力でアシュリーを支えている。

「いっぱい汚して、中まで僕で塗りつぶしたい。可愛いアシュリー、僕だけの奥様」

逃れられないアシュリーの身体に、レーニエは、執拗なまでに熱液を吐き出す。アシュリーが戸惑うほどの長い時間、欲情を注がれ続け、アシュリーの器はレーニエの熱で溢れんばかりに満たされてしまった。

――どうしよう、お父様に許可を得ずに殿方に貞操を捧げて、二回も最後まで許してしまうなんて……私はいつからこんなに悪い娘になってしまったの……。

薄れゆく思考の中、アシュリーの頭の中に、ぼんやりと異様な刺青が浮かぶ。

あんな場所に入れられるなんて、誰かの悪意があったとしか思えない。

異性と愛し合うときだけ目につく場所に入れられた、禁蝕印という政治犯の証。

なんだか、怖い。怖いのに、レーニエに大丈夫と言われると、流されそうになってしまう。昔からずっと、彼が大丈夫と言うことは、本当に大丈夫だったたから。

――兄様が何とかしてくれるの？　こんな、忌まわしい刺青がある私を……？

朦朧《もうろう》としているアシュリーの蜜路から、レーニエの雄芯がずるりと抜け落ちる。その刺激で、再び柔らかな襞が切なげに疼いた。

「アシュリー、ごめんね……苦しかった？」

汗ばんだ胸に抱き寄せられ、アシュリーは小声で大丈夫、と答えた。

なんだか、レーニエの汗の匂いがたまらなく愛おしく感じる。

あんなに激しく愛されても、アシュリーの身体はどこも傷ついていない。きっと、不慣れなアシュリーを労り、手加減してくれたのだろう。

──でも、手加減して……これなの……？

そう思った瞬間、猛烈な睡魔が襲ってきた。脳が考えることを拒否したのだ。

「眠っていいよ、明日一緒にお風呂に入ろうね」

頭に繰り返し口づけを受けながら、アシュリーは頷く。それを最後に、アシュリーは深い眠りの中に滑り込んでいった。


そして、甘い夜が明けた翌朝。

「もう兄様とは絶対にお風呂に入らないわ！　髪を洗ってくれるだけっておっしゃったのに！」

お風呂から脱出したアシュリーは、濡れた髪のまま衝立《ついたて》の陰に隠れる。

入浴中は、刺青について問い詰めるのは無理だった。それどころではなかったのだ。あんなことまでされるなんて、聞いていない。

「ごめんね、どうせなら全部綺麗にしてあげようと思って」

湯浴み着姿のまま、レーニエは悠然《ゆうぜん》と笑い、腕を組んだ。アシュリーと同じ濡れ鼠《ねずみ》なのに、彼は堂々と美しく優雅に見える。

——お風呂上がりも格好いいなんて反則だわ。

アシュリーは怒った顔のまま、衝立から半分だけ顔を覗かせた。

「髪を拭《ふ》いてあげる、おいで」

「嫌よ」

警戒を解かずに答え、アシュリーは妙に小さな湯浴み着の前を懸命に合わせた。明らかにアシュリーには合っておらず、胸も足も剝き出しになってしまう。

——どうして私の湯浴み着だけ子供用なの……！

アシュリーの白い肌には、紫の瘢痕《はんこん》が散っていた。主に乳房に集中しているが、足にも内股にも肩にもある。

さっきお風呂に入ったとき『やっぱりこんな綺麗な身体には僕の署名を残さねばいけない』とレーニエが言い出し、いっぱい口づけの痕をつけられてしまった。

更にはそのまま「可愛くて興奮するな。全く収まらない」とお風呂で最後まで抱かれてしまい、未だに足に力が入らず震えている。

立ったまま抱えられて、最後まで番《つが》い合うなんて……。

――兄様、運動嫌いって言っていらっしゃるけど、絶対ものすごく力持ちよね？

改めて疑問に思いつつ、アシュリーは衝立の端を握りしめる。

「兄様みたいな人のこと、絶倫って言うのよ。私、知ってるんだから」

「そう？　ありがとう。君と一回でも多く抱き合いたくて」

「ほ、褒めて……ないんだから……」

「ところでそんな下品な言葉、どこで覚えたの？　場合によっては許しがたいね」

レーニエの声がやや冷たくなったので、アシュリーはしゅんとなって正直に答えた。

「れ、れ、恋愛小説よ……お姉様が貸してくれた赤い背表紙の特別な本……いえ、あの、何でもないわ、今のは聞かなかったことにしてね。お姉様に怒られてしまうから」

しどろもどろで言い訳しつつも、不安で仕方がない。

――さっきの声が、屋敷中に響いていたらどうしよう。我慢したけど……最後の方は、大きい声が出てしまったかもしれないわ……。

お風呂場は、声が反響するのだ。だから何もしないでと頼んだのに。

アシュリーはレーニエを精一杯怖い顔で睨んだまま、低い声で言った。

「お風呂場では、絶対何もしないって約束したでしょう？」

「言ったっけ？」

「ええ、言ったわ！　ここではやめてって言ったのに、最後までするなんて。それに、どうするの、こんなにたくさんの紫の痕……せっかくお姉様に、胸の開いた大人っぽいドレスをたくさんいただいたのに……着ようと思ったのに……」

アシュリーだって『大人で勅使な私』気分を味わうため、十六歳の頃は許されていなかった形の衣装を持参しているのだ。

大きく開いた胸と肩、縁取られたレース、首に巻く黒いガラスのチョーカー……。

それを着てレーニエに褒めてもらいたかったのに、こんなに痣だらけでは、謎の病に罹《かか》った人のようだ。

「着ないで済むね」

晴れやかな笑顔で言われ、アシュリーはスッと衝立の陰に引っ込む。

「私は着たかったの！　着るのを楽しみにしていたの！」

「僕は肌を見せる服は着てほしくないな。君の肌は僕のものだから」

「そ、そ、そんな、っ……」

甘い言葉に動転したアシュリーは言葉に詰まり、咳払いをして、威厳を持って言い直す。

「そんなことを言って喜ばせても駄目よ」

「喜んだんだ、へえ……」

レーニエが衝立をどかし、隠れようとするアシュリーを優しく抱き寄せた。

「可愛い。その湯浴み着、とても似合ってるよ」

「子供用でしょう？　胸が隠れないわ」

頭に繰り返し口づけを受けながらアシュリーはわざと頬を膨らませた。

レーニエには何を抗議しても無駄なのだと、本当は悟っている。あまりに周到すぎて拗《す》ねたくなるだけだ。

「……あのね、人間は幸せになるために生きてるんだ」

唐突な言葉に、アシュリーはレーニエに抱かれたまま目を丸くした。

「だから僕は、なりふり構わず君と一緒になろうと決めた。アシュリーが僕の『生きる』理由だったから」

大きな手がアシュリーの湿った髪をそっと撫でる。

「君と一緒にいることが、僕の幸せだからね。それは今も昔も変わらない」

「兄様……」

優しいレーニエの言葉に、アシュリーの鼻の奥がつんとなった。

「私もよ、兄様の側にいたい。兄様の側にいるのが幸せ」

「本当に？　僕に言わされているんじゃないの？」

冗談めかした問いにアシュリーは笑った。

「実はね、小さい頃、カッテルソル様に『貴女とレーニエは結婚させない』ってはっきり言われたことがあるの。兄様には内緒にしていたけれど……とても傷ついたわ。私は今も、兄様のお嫁さんになれたら嬉しい。お父様やカッテルソル様にはとても怒られるだろうけれど……でも……兄様に迷惑を掛けてしまっても、嬉しいの……」

レーニエの側にいる女の子が自分以外なのは嫌だ。この場所だけは譲りたくない。

小さな頃、熱を出したときに、レーニエが食べさせてくれた氷菓子の味。

怖い夢を見て泣くたびに、額に落としてくれた口づけ。

幼いアシュリーの髪を、毎晩綺麗に洗って結ってくれたこと。

レーニエと過ごした時間はアシュリーの人生の記憶そのものなのだ。

幼いアシュリーは、やんちゃで悪戯ばかりしていた。

レーニエが不在のときには、彼を探そうと、壁を乗り越えて宮殿の外に出て行ってしまうような、どうしようもない悪戯っ子だった。

それでも、レーニエは見捨てずにまとわりつく幼いアシュリーの側にいてくれ、精一杯守り、愛してくれた。だからアシュリーもレーニエがとてもとても大好きだ。

レーニエの側にいると心から安心できる。不安なことがあっても、彼が全部塗りつぶして消してくれるような気がする。

「……そんなことがあったんだね。でも僕は、一度も君を諦めたことはなかったよ」

レーニエはからかうように笑い、もう一度アシュリーの頭に口づけをすると、そっと腕を緩めた。

「着替えて山の方に行かないか？　とても素晴らしい光景だよ。君なら思わず絵に描きたくなるんじゃないかな」

「お出かけするの？」

アシュリーは目を輝かせた。

レーニエがアシュリーの素直な反応に笑い出す。明るく屈託《くったく》のない笑みに引き込まれ、アシュリーも微笑んだ。


レーニエが連れてきてくれたのは、アインスノアールの街を見下ろす位置にある、小さな山の上だった。

――きっと絵に描きたくなるような光景だっておっしゃったけど……本当だわ。

小さな画帳を胸に抱いたまま、アシュリーはため息を吐き、きらめく街並みに見とれた。

「兄様、街がいくつもあるわ」

「右に見えてるのは漁港と倉庫街と、魚市場。丘と河を挟んで左にあるのが市街地だ。ここからだとアインスノアールの全景がよく見えるよね。もう少し内陸に行くとまた街があるよ。そこも公爵領だ」

小高い山の上から美しい街並みと海を見下ろし、アシュリーは心の底から満足のため息を漏らす。

「ここからだと、木に登るよりもよく見えるわね」

「もう登らないでくれよ?」

ポンと頭に手を置かれ、アシュリーは慌ててごまかし笑いを浮かべた。

「もちろんよ……。大騒ぎを起こしてごめんなさい。でも私、降りられない木には登らないから安心して」

「そうじゃない。またお仕置きされたいのか？」

アシュリーは神妙な顔で『いいえ』と答え、話を逸らすために、少し気になっていたことを尋ねた。

「このまえ帝都からお客様が来たのでしょう？　何かあったの？」

レーニエは一瞬目を泳がせ、すぐにいつもどおり微笑んだ。

「カッテルソル様の定期連絡だよ。あの方は僕の生活態度を気にして、頻繁に使者を送ってくるんだ。アインスノアールで陰謀なんて企んでいないよな、って……」

アシュリーの脳裏に、無表情で、少々蛇のように見えるカッテルソルの顔が浮かんだ。

レーニエはアインスノアールで静かに暮らしているのに、カッテルソルは何を心配して、そんな真似を続けているのだろう。

「そう、何かお知らせがあったわけではないのね」

「……何もないよ」

レーニエの答えに安心して、アシュリーは背後の山を振り返った。

「ねえ、この上には何があるの？」

裾野に広がる街と海に背を向け、アシュリーは緩やかな斜面の上を指し示す。

「アインスノア王国時代の遺跡があるんだ」

「本当!?　早く見に行きましょう！」

坂道ものともせず、アシュリーは先へと急ぐ。レーニエは笑いながら、軽やかな足取りでそのあとを追ってきた。

しばらく坂を上ると、見えたのは木々に囲まれた大きな石碑だった。

「ここはアインスノアの聖地だった場所。海で亡くなった人たちの魂を迎え、天国へと送る門だと言われている。だから、海で家族を亡くした人たちは、ここで天国の家族に祈りを捧げるんだ」

物珍しさに浮き浮きしていたアシュリーは、ここが神聖な場所だと知って、慌てて心を引き締める。

「ここで、天国の母に、愛する人を妻に迎えると報告しようと思う」

「え……あ……」

予想外の言葉に、アシュリーは言葉を失った。本当に私で良いのかと尋ねかけ、子供じみた問いだと思い直し、呑み込んだ。

——兄様はこんなに素敵なのに。私は、お父様からも要らないと思われているかもしれない、取り柄のない子なのに。どうしよう……天国の、兄様のお母様がこんな女性が息子の側にいるのは嫌だとおっしゃったら。

こんないじけたことは考えたくないのに、と思ったとき、アシュリーの肩が抱き寄せられた。

「どうしたの？　嫌だった？」

「ううん……ご挨拶して良いのかちょっと考えてしまったの」

脳裏をあの刺青がよぎる。罪人の印を刻まれた自分は、レーニエに愛されるにふさわしい娘なのだろうか。

「どうして？　君のような美しい姫君には、僕は不釣り合いかな」

アシュリーは驚いて、傍らのレーニエを見上げる。

「逆よ！　……兄様は私には勿体ないと思っているの」

レーニエの長い指で髪を梳かれ、心臓の鼓動がかすかに速くなる。

「綺麗な髪だね、僕が知る限り、君が一番綺麗な女の子だ」

「そうかしら。ありがとう、兄様」

「お世辞じゃないから、お礼は要らないよ」

そう言って、レーニエは額に口づけをしてくれた。恥ずかしさを堪えて、アシュリーは小声で告げる。

「私の取り柄は元気なことだけよ」

「……ごめんね、そう思うように僕が仕向けたんだ。自分の美しさを自覚なんてせず、ずっと僕だけを頼って愛してくれる、可愛いアシュリーでいてほしいと思って」

レーニエの言葉に、アシュリーは曖昧に微笑んだ。

どうせいつもの軽口だろうと思い、石碑に目を向けたとき、レーニエが言った。

「君は、僕を許してくれる?」

明晰なレーニエらしくない、妙に沈んだように聞こえる声だった。

「僕は君に隠し事をたくさんしている、悪い男なんだ。優しい兄様などではなく……」

「兄様の隠し事? なあに? たくさんありそうだわ」

いつもの冗談かと思い、アシュリーは微笑んだ。

「……いや、別に……冗談だ。ごめん、驚かせて」

「兄様……?」

美しい灰色の瞳が青黒く翳って見える。悲しげな表情に、アシュリーは思わず手を伸ばして彼の頬に触れた。

けれど言うべき言葉が何も思いつかない。

——兄様は立派で素敵な人よ。いったいどうなさったの……?

レーニエを励ましたい。せっかく綺麗な場所に来たのに寂しそうな顔で心配だ。

——あ……そうだわ!

アシュリーは胸に抱いていた小さな画帳を、レーニエに掲げてみせた。

「ねえ、兄様」

「素描《そびょう》をする? どの辺りの風景が良い?」

レーニエが我に返ったように明るい声で問う。

アシュリーは首を横に振り、微笑んで答えた。

「ううん、今日は兄様を描いてみたいの」

口にしたら猛烈に恥ずかしくなってきた。

人を描いたら、絵にまるごと全部、その人への気持ちが表れてしまう。だからずっと人を描くのは苦手だった。

でも……レーニエのことは描きたい。こんなに好きな気持ちを、未来の自分のために残しておきたいと思うからだ。

「僕を？」

「え、ええ……。いい？」

頬を染めて尋ねると、レーニエは秀麗な頬をかすかに赤くして頷いてくれた。

「僕でよければ喜んで」

アシュリーはほっと胸を撫で下ろし、いくつも点在している木の長椅子を指さした。

「あそこに座りましょう」

レーニエを長椅子に座らせ、アシュリーは立ったまま画帳を構え、ドレスのポケットに入れておいた短い鉛筆を取り出した。

「アシュリー、君が座ったら？」

「ううん、私、素描のときは、立っていても座っていても関係ないの。ちょっとだけ動かないでね」

言いながら、アシュリーはじっとレーニエに視線を注いだ。まっすぐに伸びた背、緩やかに波打って風に揺れる美しい髪、アシュリーを見つめる眩しげに細められた目。

——これが私の好きな人……。

白い紙に鉛筆を走らせながら、アシュリーは時折手を止め、レーニエの姿を目に焼きつける。

——輪郭も、肩の線も、手の形も、全部綺麗だわ。兄様は本当に……綺麗な人。

息を止めて線を引き、心に思う形と同じになって安堵し、また息を止めて線を引く。黒と白の世界に、レーニエの姿がおぼろげに浮かび上がってきた。

アシュリーの描いたレーニエが、紙の向こうからじっとこちらを見据えてくる。甘い眼差しに、優しくほころんだ口元。これが君の描きたかった僕なんだねと、絵の中のレーニエが甘く問いかけてくるかのようだ。

——やっぱり、見せるのは恥ずかしい……。

アシュリーは手を止めて画帳を閉じ、鉛筆と一緒に胸に抱え込む。

「できたの？　見せて」

レーニエが立ち上がり、恥じらうアシュリーの手から画帳を取り上げた。

「これは、実物よりいい男かもしれないな」

しみじみ言われて、アシュリーは耳まで真っ赤になって、慌てて画帳を取り返した。

「わ、私の目には、こう見えるの！」

「……僕が知っている貴婦人も、そんなふうに恋人を描いていたよ」

レーニエがそう言って、アシュリーをぎゅっと胸に抱きしめる。

「彼女の絵は、描き手の愛が溢れ出すような素晴らしい作品だった。その絵に似ていて、とても嬉しい。ありがとう、アシュリー」

初めて聞く話だ。だが、レーニエがアシュリーの描いた絵を受け入れてくれたことがわかって胸が温かくなる。

「私、人物画は恥ずかしくて、描くのが苦手だったのよ……。描いている人をどう思っているのか、全部つまびらかになってしまう気がして。でも、兄様を描けて嬉しかったし、その絵を見てもらえて嬉しかった」

火照る頬でそう告白し、アシュリーはレーニエの広い胸に頭をもたせかける。

「……また描かせてね、兄様」

「もちろん、喜んで。僕の可愛い天才画家さん」

大袈裟な褒め言葉に唇を尖らせてみせると、レーニエが華やかな笑い声を上げて、もう一度アシュリーを抱きしめる。

レーニエの顔には、先ほどまでの妙に寂しげな影は、もう見当たらなかった。

◆

レーニエは、薄暗い部屋の隅で、小さな明かりを灯して机に座っていた。

カッテルソルから先日届いた知らせに対して、レーニエなりの『分析結果』を送らねばならないからだ。

『あの男が本気で帝国軍の有力者を動かし、皇位請求行動を起こすかもしれない』

カッテルソルからの知らせは、帝国の雲行きが怪しいことを伝えるものだった。

レーニエは今考えつく対策内容を全てカッテルソルに奏上せねばならない。帝都の公職を退いた後も、カッテルソルの『飼い犬』であることに変わりはないのだ。

『お前の頭脳は、私の……イルダネル陛下のためだけに使え』

カッテルソルの冷徹な声が耳に蘇る。

レーニエはカッテルソルに試され続け、有能すぎても無能すぎても殺される。

――アシュリー殿下を絶対に『あの男』に渡さないこと。今確実に効果があるのは、それだけだと思います。

密書を書き終えたレーニエは、それを封筒に入れて封をした。

窓辺に置いておけば、常にレーニエの周囲をうろついている密偵が、カッテルソルのもとへ届けるだろう。

――カッテルソル様は、僕がアシュリーと寝ていることをどう思っているのだろう。いざとなったら殺す予定の二人が何をしていようと、今は見逃してくださる……かな。

レーニエは、重苦しい息を吐いた。

どれほどに目障りでも、カッテルソルを排除するのは難しい。

イルダネルの治世を支えるのに、カッテルソル以上に力強い人物はいないからだ。殺せば、帝国の屋台骨に罅《ひび》が入る。だから、カッテルソルは『始末』できない。心の底から面倒臭い相手だと思う。

レーニエは筆記用具を片付け、ゆっくりと立ち上がった。

背後にある大きな寝台の上では、アシュリーが一糸まとわぬ姿で毛布を被り、すやすやと寝息を立てている。

眠りが深い彼女は、部屋がほのかに明るくても熟睡できるようだ。

レーニエは椅子から立ち上がり、健やかに眠るアシュリーの顔を覗き込んだ。少しずれた毛布からは、優美に盛り上がった胸が半分覗いている。真っ白な乳房には、レーニエが刻みつけた紫色の執着の痕が無数に散っていた。

無垢で淫らな姿にかすかに劣情を煽られたが、レーニエは無言でアシュリーの身体に毛布をかけ直す。

美しい寝顔は儚げで柔らかく、彼女の母親に生き写しだ。父親には似ていないけれど、健康な身体は父譲りなのだろう。

――アシュリー、君は、本当に母君に似てきたね。

レーニエの胸に切ない思いが込み上げた。

もしもアシュリーが『本当の父』のもとで育っていたら、レーニエとは顔を合わせることもないままだった。

アシュリーは、レーニエの存在など知らず、健やかに明るく暮らしていたに違いない。

考えると気が遠くなる。アシュリーの存在しない人生とは、どのようなものだろうか。

何度も考えてみたけれど、何も浮かばない。

アシュリーがいなければ何も存在しない、空っぽのお人形……それが、レーニエの真実の姿なのだろう。

――君がいなければ、僕には、夢も希望も幸せもなかった。

空疎な思いを噛みしめ、レーニエはもう一度執務机に戻る。

そして、届いたばかりの帝都の新聞の号外を手に取った。

号外は、帝都から定期的に届く大量の連絡書類と共に送られてきたものだ。

――へえ、皇太子様のところにやっと息子が……。だから『あの男』は焦っているんだろうな。イルダネル様の治世がますます盤石になるからね。

レーニエは号外を読み終え、引き出しに畳んでしまう。その拍子に、倉庫の鍵が転がり出た。バルファ族の長に贈られた飾りの付いている鍵だ。

置いたつもりはないのに、いつも思いもしない場所から飛び出してくる。

拾い上げると、金箔張りの骨がころりと揺れた。

人骨を贈られたときは正直怖かった。だが、彼らにとっては『祖先の骨は最高の幸運を呼ぶお守り』なのだそうだ。

バルファ族と、帝国中心部の貴族では、考え方も文化も何もかもが違うと、この骨を見るたびに実感させられる。

――これだけ文化が違えば、どちらかに合わせることなどできないはずだ。

バルファ族の族長がレーニエに対して『友情』を宣言したとき、カッテルソルは、少々嫌な顔をしていた。

レーニエの評価が高まったことに不安を覚えたからだろう。

しかし、今のところは見逃されている。

バルファ族の長の協力を得られれば、アーベン公爵の力を削ぐことができるからだ。

二十五年前、バルファ族平定の戦いでは、帝国が想定した以上の被害が出たと聞く。

当時制圧軍を率いていたアーベン公爵のやり方が容赦なさすぎたからだ。

『野蛮人を殺して何が悪い』

アーベン公爵は残虐すぎる戦いぶりを批判されて、そう嘯《うそぶ》いたと伝わっている。

帝国の支配下に置かれ『旧バルファ王国領』と呼ばれるようになった今も、家族や恋人、友を失ったバルファ族の人々の悲しみは残ったままだ。

もちろん、『異種族狩り』を理由に強硬な殲滅策を採ったアーベン公爵ゲオルグ・カトライトへの憎悪も、生々しく残っている。

――カッテルソル様は、僕が立案した少数民族への宥和政策を一応支持してくださった。

けれど、『次』にしようとしていることは、どうかな……。大事な大事なイルダネル様の治世を危険に晒すことになるから、激怒なさるのかな。

カッテルソルだけが面倒だ。そう思いながら、レーニエは天井を見上げる。

旧バルファ王国領は、レンティア帝国の東端に位置している。

国境を越えれば帝国の領土を狙う大陸列強が控えていて、常に侵略の危険に晒されている地域だ。

その国境線に作られた『マルトロー砦』は、バルファ族自身に任されている。

旧バルファ王国領は、バルファ族にとって先祖伝来の愛着のある場所だった。

だから、再び他国に踏みにじられたくなくば、自分たちの力で守れと、巨大なマルトロー砦をバルファ族自身に守らせているのだ。

マルトロー砦には、もちろん帝国軍の将校も数人派遣されている。だが、その関係性はよそよそしい。理由は言うまでもないだろう。

バルファ族はゲオルグ・カトライト・アーベンの息のかかった帝国軍を嫌うからだ。

一方で、バルファ族の長は、イルダネルの政策には一定の理解を示して敬意を払っており、東端国境の守備を今のところは受け入れて、真面目にこなしている。

この変な骨……ではなく、幸運のお守りをくれたとき、族長はレーニエに約束してくれた。

『俺たちの代は、もう帝国と戦う気はあんまりないぞ』

あんまりという言葉に愛想笑いをすると、族長はニッと笑って続けた。

『俺たちは、野蛮人ではない。武力の差は分析し終えている。一方的に踏み潰されるとわかっていて、死にに行くのはごめんだからな。……だが、ゲオルグ・カトライト・アーベンの鼻を明かすなら、いつでも手伝ってやる。あいつは祖父《じい》様や親父の敵だった。我らの騎馬術は衰えていない。なんなら、一晩で千里を駆けることを証明してみせよう』

そう言って、族長は機嫌良く宮殿を去って行った。

――バルファ族だって、自分たちの故郷がずっと戦場だなんて嫌に決まっている。だから、あえて大人しく国境の守備を務めているんだ。別に、アーベン公爵に恐れをなして従っているわけではない。

レーニエが、バルファ族の骨飾りを握りしめたとき、アシュリーが小さな声で言った。

「兄様……お魚を煮込んでくださいな……」

言い終えて、また幸せそうに眠り始める。朝食の夢でも見ているのだろうか。

レーニエは微笑んでもう一度立ち上がり、アシュリーが眠る寝台の傍らに立った。

手を伸ばし、そっと頬を撫でる。アシュリーの頬は柔らかく、温かい。

レーニエは身を屈め、アシュリーのきらめく金の髪に口づけた。

「アシュリー、どうして君は、僕をあんなに綺麗に描いてくれたの？」

そう呟いたレーニエの目には、拭いがたい悲しみがありありと浮かんでいた。

第四章

アシュリーがレーニエに美味しくいただかれ、毎晩愛し合い続けて十日が過ぎた。

――足入れ婚が成立するには、あと二十夜愛し合えば……私は、兄様の本当のお嫁さんになれるかもしれない……。

そこまで考え、アシュリーはきゅっと唇を噛む。

――兄様は、どうするつもりだったのかしら。

レーニエは、アシュリーが政略結婚をさせられても『アシュリーの一番』でいると約束してくれた。あの約束が本当に意味するところは何だろう。彼はいったい、何をしてくれるつもりだったのか。

このところアシュリーは、レーニエと交わした約束のことばかり考えている。

頭の中は、愛しいレーニエのことでいっぱいだ。

――いくら刺青があっても、本気でお父様が『アシュリーを誰かに嫁がせる』と決めたら、身体検査で刺青が見つかったはず……。もしそうなったら、身体に傷が残ってでも刺青を潰していたはずだわ。

そこまで考え、アシュリーは表情を翳らせる。

——もしそうなっていたら、兄様は……止めてくれたのかしら。私、最近兄様の言うことを全部丸呑みできないの。いくら兄様が素晴らしい人でも、お祈りじゃ、私の結婚話はなくならないわよね。

身体中に、レーニエに抱かれる喜びが蘇る。他の男とあんな真似をするのは絶対に無理だ。経験してはっきり分かった。これまで真剣に考えてこなかっただけ。レーニエ以外に抱かれるなんて出来ない。

——ねえ兄様、もし無理やり結婚させられそうになったら、兄様以外の人と愛し合わなくても済むようにしてくれた？

今では、二人で露台で海を見ているときも、庭で花を見ているときも、気づけば淫らに舌を絡め合って口づけを交わすようになってしまった。

レーニエの匂いが鼻先をかすめるだけで、身体の芯がどろりと溶けて、彼のことしか考えられなくなる。

自制心なんてどこにも残っていない。

今夜も、夕食の席でレーニエに意味ありげに微笑みかけられ、アシュリーはふらふらと彼の部屋を訪れてしまった。

教えてもらったとおり、足入れ婚の日数を重ねて、本当の花嫁になるためだ。

「あぁ、兄様……兄様ぁ……」

最初の夜は上に乗るなんて考えもつかなかったのに、『指導』されたとおりにしたら、頭がどうにかなるほど気持ちがいい。

もうレーニエは、アシュリーの気持ちいいところを全て把握してしまったのだろう。

なぜなら、言われたとおりに腰を振り、繋がり合った部分を擦り合わせるだけで、甘い陶酔に気を失いそうになるほどなのだから。

「……っ……ひ……だめ、これ……あぁ……っ」

乳房を揺らしながら、アシュリーは嬌声を漏らし続ける。

レーニエは『先生』だから、ほんのわずかに頬を紅潮させるだけで、アシュリーのようには泣いて乱れたりしない。

それなのにアシュリーは、言われたとおりに自分から彼に乗り、雄槍をゆっくりと呑み込んで、身体を動かして、はしたない声を上げている。

「ゆっくり抜いて、次は深くまで入れてごらんよ」

「あ……あぁ……」

言われたとおりにくびれの近くまで引き抜き、ゆっくりと腰を下ろして、昂る茎を呑み込む。

ぬるりと襞を擦られて、アシュリーのそこはますます濡れそぼち、蜜をこぼしてぐちゅぐちゅと音を立て始めた。

数回ゆっくりと抜き差しを繰り返しただけで、息が焼けるように熱くなってきた。

「ああ、可愛いアシュリー、とても上手だ」

夜気に晒された乳嘴がつんと硬くなる。

レーニエの悪戯な指が、その剥き出しの乳嘴をぎゅっとつまむ。アシュリーの目に涙が滲んだ。

「君もこんなに上手になったんだ」

「ん……う……っ……」

褒められて嬉しいのかすらわからない。昂る肉塊に貫かれる快感で目がくらんで、こうして淫らな声を上げて番い合うことで頭がいっぱいなのだ。

「あ……あぁ……つまんじゃ駄目、そこ……」

「なんで？　こんなに硬くして、気持ちがいいんじゃないのか？」

アシュリーの腰を、放すまいとばかりに摑んだまま、レーニエが囁きかけてきた。

「あ、あ、だって……だって……っ……」

熱い頬に涙が伝う。

「僕の言われたとおりにしているだけ？」

「そ、そう……言われたとおりに……っ、あぁっ」

乳嘴をつねる指に力がこもり、アシュリーは思わず身体をくねらせた。

「な、なんで、お腹の中まで……今、ぎゅって……」

下腹部をかすめた絶頂感に、アシュリーは軽く唇を噛む。

「あれ？　もう達しそうなのか？」

意地悪な声音で問われ、アシュリーはレーニエの肩にかけた指に、力を込めた。

「ん、んっ……平気……っ……ん、ふ……」

そのとき、不意にアシュリーの腰を摑む力が強まった。

「あぁっ！」

接合部を執拗に擦り合わされた衝撃で、アシュリーの蜜窟がうねるように引き絞《しぼ》られた。

身体を支える脚が快楽にわななき、震える。

「ほら、ちゃんと抜き差しをして……自分の目で見てごらん、君の可愛いあそこが、どんなふうにいやらしく僕を食べているのか」

ひくひくと身体を震わせるアシュリーに、レーニエが言った。

涙で濡れた赤い頰で、アシュリーは慌てて腰を浮かす。もう力が入らないけれど、レーニエに言われたとおり、ちゃんと……。

アシュリーは顔を傾け、肉杭を半ばまで呑み込んだ、己の股の方に目をやった。

蜜窟を何度も行き来した肉杭は、ぬらぬらと濡れて光り、時々ぴくりと震えている。

表面には醜悪なほどに血管が浮き出し、力強くそそり立っていた。

互いの滾る欲情にまみれた『それ』を目にした途端、レーニエの雄を奥深くまで呑み込んで、もっと味わいたくてたまらなくなった。

「あ……あぁ……もっと……っ……」

アシュリーは息を乱しながら、必死に身体を揺すり、臀部を上下させる。根元まで沈めるたびに、粘りのある液が溢れる音がした。

「ン……っ、あ、あ……」

声を殺そうとしても、吐息に意味のない声が混じってしまう。

ますます力は入らなくなり、腰を前後に揺するのが精一杯になってきた。

「ほら、もっと抜き差しをしっかり……できる……？」

言われなくても、アシュリーもしたいのだ。

だが、もう達しそうで、動くことさえ苦しい。

なのに、無我夢中でレーニエを『食べる』動きがやめられない。

火が点いたかのような焦れ焦れとした熱が、下腹部から身体中へと燃え広がっていく。

どれほど淫らな声を上げてしまうかと怖くなり、アシュリーは慌てて、自分の唇を手で押さえた。

「ん、く……んぅ……っ……」

抽送を繰り返すたび、ぐちゅぐちゅという蜜音はますます大きくなっていく。

「ふ、ぅ……っ！」

ずぶりと音を立てて肉槍を奥まで呑み込んだ刹那、身体中が小刻みに震え出した。

るのに。

――だめ……どうしよう、いっちゃう……。

でも、まだだ。レーニエはとても元気で、アシュリーに気持ちよくされるのを待ってい

片手で口を押さえて、ぎこちなく身体を浮かそうとするアシュリーの腰を再び押さえ、レーニエが愉悦に満ちた声で言った。

「そんなに声を出したいなら、存分に出すといい」

かろうじて口元を覆っていた手が、レーニエの指で易々と引き離される。

「ほら、僕にアシュリーのいく声を聞かせて」

レーニエの息もかすかに弾んでいた。下から無慈悲に繰り返し突き上げられ、アシュリーの軽い身体がぐらぐらと揺すられる。

ぐ、ぐ、と奥を押し上げられるたびに、びくびくと蜜窟が蠕動した。

「ん……あ、あぁ、あぁぁっ、だめ、だめ……あぁぁぁ」

アシュリーは、レーニエに跨がったまま、嬌声と共に強く背を反らす。

半身を起こしたレーニエが、巧みにその背を受け止めた。

「こんなにびしょ濡れになりながらいくなんて。初めての騎乗位なのにとても上手だ」

アシュリーの身体を胸に抱え寄せ、レーニエが接合部をぐりぐりと押しつけてきた。

「あぁ……やだ……いってるのに……」

譫言《うわごと》のように繰り返すアシュリーの中で、剛性を帯びたレーニエの茎がびゅくびゅくと

熱を吐き出す。

腹の深い場所が彼の欲に満たされ、アシュリーの身体に甘い震えが走った。

「……本当に、可愛くてお砂糖みたいな声だね」

レーニエは汗ばんだ胸にアシュリーを抱きしめ、ゆっくりと髪を撫でながら、寝台に身を横たえる。

「……大丈夫？」

アシュリーの姿勢が安定したことを確認し、未だに硬い肉杭をそうっと引き抜いた。

優しく問われて、アシュリーは腕の中で頷いた。

杭が抜かれ、中から蜜と白精の混じり合った熱いものが溢れて、刺青の辺りを濡らす。

しばしレーニエと抱き合ったまま目を瞑り、アシュリーは再び目を開けて尋ねた。

「このまま足入れ婚の期間が終われば、私、兄様の奥さんになれる……？」

甘えるように尋ねると、レーニエは汗だくの胸にアシュリーを抱いたまま頷いた。

「うん、なれるよ」

レーニエのはっきりした肯定の言葉に、胸の奥にじわじわと喜びが込み上げてきた。だが背徳感があることに変わりはない。

今だって、こんなふうに毎夜抱かれていることを、人に知られたらどうしよう……と、常に不安を覚えている。

「内緒にしてね、私がこんなに……あの……はしたないことばかりするって……」

「そんなことないよ。君が泣いてよがる顔は、とても可愛い」

「私、やっぱり兄様が怒られそうで怖いの。お父様に知られたらって思うと」

「足入れ婚は両者の合意のみが求められるんだよ。帝国法も干渉できない。アインスノアールの人々が守り続けた伝統は最優先で保護される。君は何も心配せずに僕の側にいればいいということさ」

アシュリーはレーニエの腕にしがみつき、汗ばんだ乳房を彼に押しつけながら言った。

「兄様が怒られなければいい。私は、いくら怒られてもいいわ」

アシュリーの脳裏を忌まわしい刺青がよぎった。

あんな刺青を秘所のそばに入れられた自分はまともな生まれではないのだろうと思う。

でも、構わない。

この刺青は誰にも消させない。もし無理やり結婚させられたならば、夫になった男の前で脚を開き、この刺青を見せて、嫌われようと思っている。そして、その足でレーニエのところに駆け戻りたい。

一生ずっとこうして抱いていてほしいくらいだ。

「けなげなことを言わないで。また抱きたくなってきた」

レーニエが笑ってアシュリーを抱き寄せ、汗に濡れた唇で接吻する。下腹部に当たる肉杭は再び立ち上がり、アシュリーの薄い腹に当たって存在を主張していた。

「あ……っ」

「駄目？　僕はぶっ壊れるまでアシュリーに搾り取られたいな……」

レーニエの精で満たされた腹の奥が、再びじくじくと疼き出す。

頬を染めたアシュリーの様子を『是』と取ったのか、レーニエが被っていた毛布をはぎ、向かい合わせで横たわったまま、アシュリーの片脚をぐいと持ち上げ、開かせた。

「に……兄様……あ……！」

白濁で濡れたままの秘裂に、再び熱杭が押し当てられる。

「何度もしたら、兄様が疲れて……あ……んっ……」

大きく開かされた蜜裂に、再びレーニエのものがずぶずぶと沈み込んでいく。

アシュリーの身に余るほど大きい熱塊は、濡れそぼった秘部に容易に咥え込まれる。

快感に視界が曇り、アシュリーは自分から脚を開いて、より深く彼を受け入れた。

「入れるだけで、こんなにひくひくするようになったんだね」

「ん……やだ……意地悪……」

「だってそうじゃない？　さっき、一度いったんだろう？　それなのに、ほら……動かすだけで、こんなに締まる」

不自由な体勢で身体を揺すられた刹那、目がくらむほどの快感が下腹部を駆け抜ける。

レーニエの言うとおりだ。

さっき嬌声を抑えられないままはしたなく絶頂を味わったのに、こんなふうにまた身体を繋がれて、気持ちよくて、頭の中が煮えてしまったかのようだ。

「嫌なら抜こうか？」

「あ……あ……だめ……嫌……」

このまま終わりなんて耐えられない。

「嫌、抜くの駄目……お願い……もっと……」

アシュリーは、開いた片脚を彼の腰にかけ、身体を揺らしながら息を乱す。

側臥位《そくがい》で密着しながら番い合っているせいか、いつもより交合の音が生々しく響いた。

肉杭に掻き出された白い残滓が蜜口から溢れ、アシュリーの柔らかな腿を汚していく。

「欲張りなお姫様だ」

レーニエに掠れた声でそう言われると、ますます渇きが増してきた。

「だって……だって……っ」

「僕も同じくらい欲張りだけどね。君も、君の身体も愛おしすぎて、頭がどうにかなりそうなんだ」

アシュリーの頭に何度も口づけをしながら、レーニエは腰を叩きつけるように動かす。

アシュリーは更に深く繋がりたいと、レーニエの胸板に自分の乳房を押しつける。

「ああ、君の中が、すごく熱くなってきた」

「どうして……私……何度もしたのに……また、あ……」

「は……あ……」

熱い膣壁をかき分けて、金属のように硬くなった杭が何度も襞の奥を穿つ。

身体を揺すられながら、アシュリーは汗ばんだレーニエの身体に縋り付いた。不自由な姿勢で雄の欲を受け止め、逃げられず、涙が溢れてくる。

ぐちゅぬちゅという淫音が激しさを増し、どろどろの涎が零れ出てきた。

美味しい、美味しいと、涎を垂らして肉を貪る獣のようだ。

「やぁあっ……！　あっ、あ……ん」

声の大きさを抑えるために唇を噛んだが、ゆっくりと中を擦られるたびに、下腹部が波打つ。胸の谷間に汗が噴き出し、目の前がくらくらしてきた。

「また、中に出していい？」

レーニエの声もうわずり、獣じみた響きを帯びている。

「いっぱい出していいよね？」

「……っ、ええ……出して……」

涙と涎でぐしゃぐしゃになった顔で頷くと、アシュリーの腰にレーニエの腕が回された。

「ほら、アシュリー、もっと僕の身体に、ここを擦りつけて。気持ちよくなるって教えたはずだろう？」

「や！　それしちゃ、あぁぁあっ」

じんじんと熟れた花芽が剛毛に擦られて、目の前に白い砂が散った。引きつれたように蜜洞が収縮し、かすかに潮の匂いがする淫蜜が滲んで腿に広がる。

頭の中が、レーニエとの睦み合いでどろどろに塗りつぶされていく。

「ああ……こわい、何回も……いくの……っ……」

「どうして？　僕限定なら、もっともっといやらしい身体になっていいんだよ。取り返しがつかないくらい僕に溺れて」

達しながら無我夢中で身体を揺するアシュリーの顎が上向かされた。唇をこじ開けて、レーニエの舌が押し込まれる。

熱杭を激しく食い締めて、アシュリーはその舌の悪戯に答えた。

——ああ、こうされるの……好き……上も下も全部兄様でいっぱいで……好き……。

目尻から幾筋もの涙が伝い落ちていく。まるで、身体の中までレーニエで塗りつぶされていくようだ。レーニエの獣じみた情欲が、アシュリーの不安も悩みも全部、綺麗に消してくれるようで、頭の中が真っ白になっていく。

口腔を貪るレーニエの呼吸が不意に激しくなった。アシュリーの身体を執拗に押し上げながら、レーニエが腹の奥におびただしい白濁を注ぎ込む。

「んんっ、ん、う、んぅ……っ……」

アシュリーの中はその熱液を歓迎するようにぐねぐねとねじれた。

お腹が熱くて、気持ちがよくて、もう何も考えられない。

——大好き……兄様……私の兄様……。

アシュリーの唇から、レーニエがゆっくりと唇を離す。

「たとえ君の心が変わってしまったとしても、僕は君を愛しているよ」

息を乱して涙ぐむアシュリーを胸に抱き寄せ、レーニエが言った。

「何のこと？」

「……別に、何か具体的なことがあるわけではないよ。僕なりの愛の言葉……かな」

いつもどおりのレーニエの落ち着いた声だ。アシュリーは彼と隙間なく肌を合わせたまま、素直に頷いた。

——私は、変わらないわ、兄様……。

アシュリーにはもう、レーニエと愛し合う以外の選択肢はない。

政治犯の刺青をされているからといって、レーニエに恋することはもうやめられない。

たとえ、刺青をされた理由を知ったところで、やめられないだろう。

アシュリーの人生の記憶には、全部レーニエがいる。

名前の書き方を教えてくれたのも、社交界に初めて出た十四歳のときに、ドレスを用意してくれて一緒に踊ってくれたのも、こうやって女性として愛される幸せを教えてくれたのも、全部レーニエだ。今も他の存在なんて塗りつぶされて消えたかのように、レーニエだけがアシュリーの側にいる。

「ねえ兄様……聞いていていい？」

「ん？」

甘く幸せそうな声で、レーニエが返事をする。

アシュリーは勇気を出して、素直に彼に尋ねた。

「兄様は、私が政略結婚で知らない人に嫁がされても、ずっとお互いが一番の存在でいようって、約束してくれたでしょう……？」

レーニエが少し身体を離して、不思議そうにアシュリーの顔を見つめた。

「したけど……それがどうしたの？」

アシュリーは微笑み、レーニエの胸に頭をそっとくっつけた。

「もしこの刺青を強引に潰されて、政略結婚をさせられたとしても……兄様は旦那様の代わりに、私を毎晩抱いてくださるつもりだったのよね？」

アシュリーはレーニエの海のように輝く瞳を見つめた。

「君はそう思うの？」

試すように問い返されて、アシュリーは素直に頷いた。

「……正解だよ」

レーニエが笑みを含んだ、優しい口調で答える。

アシュリーはほっとして淡く微笑み、問いを重ねた。

「よかった。じゃあ、もしも、その旦那様が『アシュリーは俺以外の男と交わっては駄目だ』と言っても、追い払ってくださるつもりだった？」

アシュリーを抱き寄せるレーニエの腕の力が強まった。

「ああ、そのつもりだった」

アシュリーの髪を梳きながら、レーニエはもう一度腕を緩めて、アシュリーの顔を覗き込んだ。

レーニエの目の中の青い海が、ふと、黒っぽく翳る。雨の日の海のようだ。

「それともアシュリーは、僕以外の男にこんな淫らな真似を許すのか？」

艶やかな声には、はっきりと嫉妬が滲んでいた。

アシュリーはレーニエを宥めるように、汗ばんだ肌を引き締まった身体に擦りつける。

「ううん、そんなことないわ……私、兄様としかしないって決めているもの……」

そう言って、アシュリーはレーニエにぎゅっと抱きついた。逞しい腕が、甘えるアシュリーの身体を強く抱きしめ返してくれる。

「それならいい」

レーニエの声が、いつもの穏やかなものに戻る。

「ええ。おかしなことを聞いてごめんなさい、兄様」

このところずっと不安に思っていたけれど、やはりレーニエには約束を破るつもりなどなかったのだ。そう確信できて嬉しい。

──もしも政略結婚をしていたら、私は初夜を迎える前に、兄様に犯されていたのでしょうね。

アシュリーの心に、ほの暗い喜びが込み上げる。

もちろんこれは仮の話だけれど、そんなことをしたら犯罪だ。でもレーニエに奪われるなら嬉しいから、最終的には、アシュリーは彼を許していただろう。

――大好き、兄様。絶対私を離さないでね……。
えもいわれぬ幸福感と満足感がアシュリーの胸いっぱいに広がった。

第五章

アインスノアールでのアシュリーの毎日は、幸せで平和なまま過ぎていった。

レーニエは間違いなく自分を一番愛してくれている。彼しか知らない身体のままでいさせてくれるはずだ。

そう言い聞かせるたび、『わたしはそれでいい』という自分の声が聞こえる気がする。

このまま何もかもうやむやにして、半分眠ったように暮らしたい。

──はぁ、食べ過ぎて眠くなっちゃった……。

『お昼寝しようかな……』という誘惑の気持ちが湧いてくる。

──意外と、自分のことって知らないのね。刺青なんて入れられたら絶対に痛いのに。

多分、赤ちゃんの頃に入れられたんだわ……。でも兄様が良いというなら、良いのよ……お揃いだし、嬉しいわ……。

ぼんやりと考えつつ、アシュリーはいつしかうとうとと船をこぎ始めた。

――でも、私、本当にこのままずっとアインスノアールにいられるのかな……。

そうだったらいいな、と思う。

――お父様が何を考えているのか、全然わからない。でも、兄様のところに居たいわ。

半分眠っているアシュリーの目尻から、つっと涙が伝い落ちた。

父のことだけは、考えると悲しくなる。

どうして、アシュリーを急に排除しようとしたのだろう。なかなか会えないけれど、優しい父のことは大好きだったのに。

――お父様……どうして怒っているのか教えて……いつになっても淑女らしくないから？　でも、そんなの、二年も閉じ込められるほどの罪ではないはずよ……。ねえ、この刺青、お父様が入れさせたの？　私……やっぱり、悪い人の子供か何かなのかしら。

駄目だ。気分が沈んで目が冴える。こんなときは絵を描こうとアシュリーは起き上がった。

――兄様の絵……。

画帳をめくると、何枚もの人物画が出てきた。やはり、人の姿を描くのはなんだか気恥ずかしい。

アシュリーが何枚も何枚も描いたレーニエの素描は、笑っているものが多い。

人をからかって楽しげに笑う顔、照れたときのごまかし笑い、アシュリーに淫らな意地悪を言う前の危険で魅惑的な笑顔……それに、彼が得意な愛想笑いも。

――こんな絵を人に見られたら、私がどれだけ兄様を好きか気づかれてしまう。

アシュリーは赤い顔で、新しい紙にさらさらと鉛筆を滑らせた。

――兄様は……本当に綺麗な人……頭の形まで綺麗なの……。

無心に鉛筆を動かしていたアシュリーは、ふと手を止めた。

なんだか、階下から知らない人の気配がする。

来客だろうか。この館に客人が迎えられるのは初めてのことだ。

アシュリーは耳を澄ます。いったい何が起きたのか。そろそろと起き上がって廊下に出ると、馴染みのない男性の声が聞こえた。

――誰かな……。こっそり見るだけ、忍び足でそーっと行けば気づかれないわ……。

アシュリーは足音を忍ばせ、そうっと階下に降りた。どうやら来客のようだ。

――やっぱり人が来てる。

好奇心が疼くと同時に、アシュリーはピタッと扉に顔を押しつけていた。もちろんいけないことだ。貴婦人はこんな真似などしない。

「貴方のお気持ちはわかりました。彼女は……貴方にお預けするのが一番安全だ」

何の話だろう。

もっと盗み聞きして情報を集めなくては……そう思った瞬間、男性の声と共に何の前触れもなく扉が開いた。

「誰か、外にいるようだが？」

「きゃーっ！」

アシュリーは思い切り部屋の中に転がり込む。どうやら誰かが扉のすぐ裏に立っていて、いきなり開けたようだ。

よろめいたアシュリーの身体は、体格のいいその人物の腕の中に転がり込んだ。

金属と革の匂いがする。レーニエではない男性だ。

そう思った瞬間アシュリーは謝罪も忘れてぴょんと飛び退いた。レーニエ以外の男性に触られることに嫌悪感があるからだ。

「アシュリー、何をしているんだ」

足早に歩いてきたレーニエが、硬直しているアシュリーを抱き寄せる。

アシュリーはレーニエの胸に顔を埋め、何が起きているのかとひたすら気配を探った。

そのとき、先ほどアシュリーを抱き留めた男が声を上げた。

「ああ……アシュリー殿……お元気そうで何よりだ……」

どこかで聞いた声だ。

アシュリーは全身の毛が逆立つ思いで、そっと顔を上げて、その人物の顔を確かめた。

——ケ、ケ、ケンツェン様……？

短い灰色の髪に、人の良さそうな精悍な顔立ち。そして文官貴族にはまず有り得ない筋骨隆々とした体つき。

間違いなく、目の前にいるのはケンツェン・カトライト・アーベンだ。なぜアインスノアールにやってきたのだろう。

同時に突然駆け落ちを迫られた思い出が蘇り、ぶわっと鳥肌が立った。

――恐ろしいわ……誘拐される……。

アシュリーは無言でスッとレーニエの背後に隠れた。昔から何度も教わったように、レーニエ以外の男性に近寄っては駄目なのだ。

「アシュリー、大丈夫だよ、ケンツェン殿にご挨拶を」

――本当に……？

アシュリーは気配を殺し、そっとレーニエの背後から顔を出した。

宮廷の物好きな貴婦人たちは、この少女誘拐犯を『逞しくて素敵』『爽やかで男前だわ！』『軍人って感じでいいわよね』などと言っていたが、アシュリーの目には大きな熊にしか見えない。

「……失礼しました。お久しぶりです、ケンツェン・カトライト・アーベン様」

挨拶を口にするも、やはり警戒心が漲る。

「二年もの間療養していたと聞くが、病は良くなられたのだな？」

――ぴょ、病気の心配をしている振り？　いい人ぶっても信じないんだから……。

そうは思うものの、心配されて無視できるほど、アシュリーは意地悪が上手ではない。

「え、ええ……病は、もう治りました。すっかり元気です」

警戒しつつモソモソと答えると、ケンツェンは心から安堵したように、大きな手で自身の顔を覆ってしまう。

——えっ？　どうしてそんなにほっとなさるの？　な、泣いてる……なぜ？

動揺したアシュリーは、後ろからレーニエの顔を見上げる。

彼の表情は全く変わっていない。

居間を異様な沈黙が支配する。

——どうしたの……かしら……？

心配になったアシュリーは、ゆっくりとレーニエの後ろから足を踏み出した。

「アシュリー」

静かに名前を呼ばれ、アシュリーは顔を上げる。

「急な話だけど、アインスノアールを発ってほしい。半日以内に」

何を言われているのかわからず、アシュリーはレーニエの顔を見上げた。

レーニエの綺麗な顔には、何の表情も浮かんでいない。

「帝都で緊急事態が起きている。君は急いで逃げてくれ。ケンツェン殿と一緒に行くんだ。いいね？」

「兄様……？」

きょとんとするアシュリーを真剣な目で見据え、レーニエは短く言った。

「もう出た方がいい。君の荷物は、アストンがまとめてくれている」

アシュリーは微笑んだまま首を横に振る。行くわけがない。レーニエとずっと一緒にいるつもりなのに、なぜ追い出されるのだろう。

「ケンツェン殿と一緒に行って、メリーアンという女性に会ってくれ。勝手な行動は慎んでくれよ。言うことを聞くと約束して、アシュリー」

厳しく、有無を言わさぬ口調だった。

また追い出されるのだ。理解した瞬間、アシュリーの足ががくがく震え出す。

アシュリーは腰が抜けて床にへたり込んでしまった。

「嫌……何を言ってるの……兄様……緊急事態って何……？」

目から涙が溢れ出した。レーニエはかがみ込み、アシュリーの肩を抱き寄せて、耳に優しく囁きかけた。

「政変が起きる可能性がある。僕は帝都に戻らねばならなくなった。君とずっとここで暮らしたかったけれど、どうしても、今は……それはできないんだ」

嗚咽を嚙み殺すアシュリーの背を撫で、レーニエは穏やかに続ける。

「必ず迎えに行くから、待っていて。君は何も心配しないで大丈夫だ」

「嫌よ！　心配しないなんて、無理に決まって……」

子供のように言い返したアシュリーを力いっぱい抱き寄せ、レーニエが言う。

「……大丈夫。あのね、ケンツェン殿は君の本当のお父上なんだ。君を守るために、自分の立場を擲《なげう》ってここに駆けつけてくださった」

アシュリーは耳を疑い、かすれた声で言い返した。

「違うわ……私のお父様は……」

悪戯ばかりしていたアシュリーを抱き上げ、笑いをこらえてわざと口をへの字にしていた父帝の顔が脳裏をよぎる。

じわじわと気分が悪くなってきた。

皆そろって質《たち》の悪い冗談はやめてほしい。頭がおかしくなりそうだ。

「わ、私のお父様は……この人じゃ……」

再び涙がぼろぼろと溢れ出す。レーニエは何を言っているのだろう。悪い夢を見ているようだ。

同時に、心のどこかで納得した。

幽閉されたり、アインスノアールに追い払われたのは、本当はアシュリーが、皇帝イルダネルの娘ではなかったからなのだ……と。

——私は何者なの？　怖い。あの刺青はお父様の娘ではないから入れられたの？

震えが止まらず、自分の足で立ち上がれない。怖くて悲しくて、人前なのに子供のようにしゃくり上げてしまう。

ついさっきまで幸せだったはずなのに、今は全てを剝ぎ取られたかのようだ。

「詳しい事情は彼に聞いて。さ、立ち上がれるかい？」

レーニエの声音にかすかに焦りが滲んでいる。

アシュリーははっとして、慌てて涙を拭った。きっと、今は本当に危険な状態で、レーニエにはアシュリーを宥めている余裕などないと気づいたからだ。

「私がぐずぐずしていたら、兄様が困るのね……？」

本当はこんなことを聞くのも嫌で嫌でたまらない。

レーニエが腕を緩めてアシュリーの顔を覗き込んだ。

「……ごめんね」

違う、冗談だよ、からかっただけだ。そう答えてほしかったのに……。

アシュリーが震えながら立ち上がろうとすると、岩のような頑強な腕にひょいと抱え上げられてしまった。

「わかっ……た……」

「レーニエ殿、この子は、必ず俺が守ります」

ケンツェンの肩の上に抱え上げられて、アシュリーは反射的に首を横に振る。

──本当は嫌……行きたくない。どうして？　ずっと、一緒にいてくれるって……！

「兄様……」

アシュリーは涙を流し、レーニエに向かって手を差し伸べる。

急すぎて受け入れられない。心が付いていかない。

どんな大事件も、突然起きるのはわかっている。幽閉されたのだって突然だった。何が起きたのだろう、と不思議に思っているうちに人生が変わってしまって、どんなに扉を叩いても、もう元の場所には戻れなかった。

それを知っているから嫌なのだ。こんな現実を受け入れたくはない。また望まぬ世界に押し流されてしまう……。

「嫌……兄様……！」

レーニエの側にすらいられなくなるなんて嫌だ。

「兄様、兄様！　嫌だ！」

手を伸ばしかけたレーニエは、途中でその手を握りしめ、低い声で言った。

「アシュリー、ごめんね。必ず……迎えに行くから」

レーニエの美しい顔は、引きつりひび割れたように見えた。刃物で斬りつけられ、駄目になってしまった肖像画のようだ。

嫌だ、行きたくない、そう叫ぼうとしたアシュリーの声が喉に貼り付く。

初めて、レーニエがアシュリーの手を離した。

そのことを、はっきりと悟ってしまったからだ。

訳もわからず連れて行かれたのは、海辺の堤防だった。

別れの瞬間、迷うように揺れたレーニエの眼差しが忘れられない。

——どうして？　絶対に来てくれるのよね……？

あの表情が二度と会えないと語っていたように思えて、引っかかる。

もう涙は出なかった。胸が抉られ、感情が空っぽになった気がした。

——夕方の海も綺麗ね。日差しが優しくなって、海面が絹の生地のように見えるわ。

陸側から見れば、かなり高い場所にあるように見えるが、勇気を出して堤防の下を覗き込むと、わずかに小さな崖が張り出している。

よほどよろけない限り、落ちても大丈夫そうだ。あの突き出した部分から、ここまで這い上がって戻るのは大変そうだが。

「ここでもう一人の護衛と合流する」

堤防に腰を下ろし、足を海側に投げ出す。高いところに座るのは気持ちがいい。こんなときでなければのびのびした気分になれただろう。

ぼんやりと海を見ていると、ケンツェンは続けて言った。

「急なことで……泣かせてすまなかった」

それだけ言うと、ケンツェンは困り果てたように黙り込んだ。アシュリーも何を言っていいのかわからない。

大して知りもしない男の人を『父』だなんて言われても呑み込めないのだ。

アシュリーとケンツェンは黙りこくる。しばらく時間が経ったあと、ケンツェンが不意に言った。

「イルダネル陛下は息災か？」

「はい……私が帝都を発つときは、いつもと変わらず、元気でした」

「陛下は、私のような罪人にも、よく手紙を送ってくださった」

――罪人……？　アーベン公のご嫡男でいらっしゃるケンツェン様が？　今も皆の評判の良い、真面目な騎士様だと聞いているのに……。

不思議に思い、アシュリーは首をかしげた。

「イルダネルという名は、古き言葉で『守る盾』という意味らしい。まさにあの方は、帝国を守るために生まれた偉大なる盾なんだ。あの方を簒奪者などと呼ぶのは、己が帝位に野心を燃やす愚か者だけだ」

父の話を聞いた途端、涙が膝に落ちた。質素なドレスに次々とシミが広がっていく。

「私、陛下の本当の娘じゃないからこんな扱いを受けるの？　だからどんどん、色々なところから遠ざけられてしまうのですか？」

「いいや、君は大事な子だ。陛下にとっても、君を産んだ母上にとっても宝だ。だから皆、君を守ろうと必死でいる」

再び、沈黙が満ちた。じっと自分の膝を見つめているアシュリーに、ケンツェンがぎこちなく話しかけてくる。

「ああ、そうだ、アシュリー殿」

「な、なん……ですか……」

「病の快癒のお祝いに……健康祈願のお守りだ」

ケンツェンの大きな手がアシュリーの手首を引き寄せ、何かを握らせた。

滲んだ涙を見てしまっては振り払えず、アシュリーはそれを受け取ってしまう。

――お守り……？

それは、小さな箱だった。

小箱は、原色に塗られた鮮やかな花柄で、主線は焦げ茶の太い線で描かれている。表面にはつや出しの光沢剤のようなものが塗られ、つるつるした手触りだった。

こんな工芸品は初めて見る。

「このお守りが、これからもアシュリー殿の健康を守ってくれる」

可愛らしい小箱だが、ずいぶん古びて見える。

「もう病気にはならぬようにな」

「え、あ、あの……あの……」

意外なほど優しい声音に、アシュリーの当惑が深くなる。

アシュリーが顔に瘢痕が残る重病になったというのは、父帝が吐いた嘘なのだ。

もちろん、父の側近や、アシュリーの世話や見張りをする人間以外は嘘だと知らない。

皆、アシュリーを病気だと信じていたに違いない。

「今後二度と病に罹らぬよう、持っておいてくれ」

突然ケンツェンを『実の父だ』と言われても、全く信じられず不安が拭えない。

だが、彼の笑顔には、アシュリーの不安を拭ってくれる温かさがあった。

「な、なんで、こんなお守りをくださるの……？」

その小箱をぎゅっと握りしめた刹那、ケンツェンがはっと顔を上げた。

彼は素早く手を伸ばし、アシュリーを抱いたまま足元の突き出した部分に飛び降り、岸壁にぴたりと貼り付いた。

いくら足場があるとはいえ、幅は狭くて、二歩も進めば断崖絶壁、そのまま海だ。岩礁《がんしょう》に叩きつけられ、死んでいただろう。

――よろけなくてよかった。もしかして、いざというときここに降りるために、あの場所に座っていたのかしら……？

ぞっとしつつアシュリーは胸を撫で下ろす。どうやらケンツェンは、貴婦人たちの噂どおり、とても運動神経がいいらしい。

しばらくして、頭の上の方で声が聞こえた。

「いたか、金髪の若い娘だ。この辺りでは金髪は目立つはず」

――私のこと……？

「アインスノアール公爵邸に戻ろう。場合によっては公を尋問し、あの私生児の居場所を吐かせる」

――なんですって。

アシュリーは凍り付いた。レーニエが危ない。あんなに優しい彼が怖い男たちに脅されるなんて、考えるだけで涙が出る。

「に、兄様を……助けに……」

小さな声で訴えると、大きな手で口を塞がれた。

ケンツェンは完全に気配を殺している。どうやら想像以上に危険な状況らしい。アシュリーは諦めて、息を殺して様子をうかがった。

どのくらい時間が経っただろう。男たちの気配はなくなり、ケンツェンがアシュリーを抱く腕を緩めた。

「すまない……怖かったな」

優しい声で言われて、アシュリーは首を横に振った。木登り娘には、このくらいの冒険はお手の物だ。

「兄様を助けに行きたいわ、お願い、行かせて」

アシュリーは、背の高いケンツェンを見上げて訴えた。

「駄目だ。君が行ってどうなる？」

冷ややかに問われて、アシュリーはぐっと言葉に詰まる。

アシュリーは身軽だが、男の人と戦って勝てるような腕力や武芸の腕はない。護身術は習っていても、非力な娘であることには変わらない。

「だって……兄様が怪我でもさせられたら……」

「レーニエ殿なら問題ない」

「そんなことないわ。兄様はお優しくて、普段から剣なんて握らないのよ」

説明していたら、涙が滲んできた。悲しくて顔を覆うと、ケンツェンが『若い娘をどう扱えばいいのかわからない』とはっきりわかる困り果てた声で言った。

「大丈夫だ。レーニエ殿にはアストン卿もついている」

アストンが荒事の役に立つのだろうか。

いつもレーニエの背後に立って、彼が妙なことを言うたびに、顔をしかめたり笑ったりしている、お茶目で大人しいおじさんなのに。

「君が戻れば足手まといになる。わかるな」

静かに言い聞かされ、アシュリーは不承不承頷いた。

「よし、では上に戻ろうか。怖いかもしれないが、ちょっと待っていてくれ。俺は先にここを登って経路を確かめ、改めて降りてきて、今度は君を背負って登る」

そう言ってケンツェンが、先ほどまで座っていた石垣を見上げた。あそこにたどり着くには、アシュリーの背丈の倍ほどもある高さの岩壁を登らねばならない。

だが、ケンツェンは見事な身のこなしで、するすると岩を登っていく。

――すごい！　あんなに大きい身体で……きっと腕力がお強いんだわ。

感心して、アシュリーはケンツェンの岩登りを見守る。まさに『もっと腕力があったら、私もこんなふうに登りたい』と想像する姿そのものだ。

あっという間にケンツェンは、岩の上部まで到達した。

――よし、登り方がわかったわ。私も登れそう……。

アシュリーは意を決して、岩の出っ張りに手をかけた。

見た目は断崖絶壁だが、凸凹が多く足を置けるような突っ張りもたくさんある。ケンツェンを待たず、アシュリーは崖をそろそろと這い上がる。落ちたら海に真っ逆さまだが、そんなの木登りも同じだ。落ちなければいい。

「あ……ああ……ななな何を！」

ケンツェンが焦った声を上げ、身を乗り出して、よじよじと崖を登ってきたアシュリーの腕を捕まえた。

アシュリーはそのまま軽々と引っ張り上げられる。

やはり、驚くほどの剛力の持ち主だ。

それにあの登りっぷりも見事で、安全な登り道が見えているかのようだった。お飾りの軍人様ではなく、本当に鍛え抜いているのだろう。

「ありがとう、ケンツェン様」

お礼を言うと、ケンツェンは血相を変えてまくし立てた。

「危ない真似をするな！　俺の心臓を止める気か！」

「登れるから登ったのです！　私、こう見えても、ゆっくりなら壁でも木でも何でも登れるわ。陛下に閉じ込められても、壁を這い上がって逃げ出したこともあるのよ」

思わず声を張り上げて言い返すと、ケンツェンが目を丸くする。そしてなぜか、灰色の目に涙を浮かべた。

「……そうか」

驚くアシュリーの前で、ケンツェンは大きな拳で涙を拭う。

「君は健やかな身体に恵まれたのだな」

震え声で言い、ケンツェンが涙を恥じるようにくるりと背を向けた。

「あ、あの、私は昔から、健康しか取り柄が……どうして泣くのですか……?」

「君まで身体が弱かったらと、ずっと不安で」

ケンツェンは大きな身体を丸め、声を殺して泣き出した。うずくまって泣いている大の男を見るのは初めてで、どうして良いかわからない。

「ご……ごめんなさい……。私の身体が弱かったらって、どういうことですか?」

答えないケンツェンに、アシュリーは問いを重ねた。

「あ、あの、もしご存じなら教えて。私のお母様は生きてらっしゃるの……?」

ケンツェンは涙を拭って立ち上がり、涙で濡れた顔でアシュリーを振り返った。

――どうしよう……。ケンツェン様も、私とはお話ししづらそうなのに、突然矢継ぎ早に質問しすぎてしまったかも……。

当惑するアシュリーに、ケンツェンは絞り出すように答える。

「……申し訳ない。母君はお助けできなかった。だが、その箱の中には、君と君の母君の宝物が入っている」

――私とお母様の……?

戸惑ったが、アシュリーは勇気を出して、固く閉じられた箱を開けた。

ぱかりと開いた箱の中には、見慣れているアシュリーのやや風変わりな金髪と、赤ちゃんのものとおぼしき、フワフワの髪が入っていた。

赤ちゃんのものらしき髪は、淡い色合いで、金とも灰色ともつかない色合いだ。だが見覚えがある。幼い頃のアシュリーの、中途半端な金色の髪にそっくりなのだ。

――これが今の私の髪で、こっちは私が赤ちゃんの頃の髪？

混乱したアシュリーは、そっと髪の束を手に取った。

赤ちゃんの短い柔らかな毛束《けたば》を、長くしなやかな金髪の束がしっかりとまとめている。それ以外には何も入っていない。

「これは……何ですか……？」

「陛下が君と、君の母上の髪で作り、俺に送ってくださった」

アシュリーは不思議な毛束を凝視する。

「初めて切った赤子の髪を母親の髪で巻いて縛り、お守りの箱にしまっておく。イルダネル様の母方の故郷では、母子の絆を深めるまじないらしい。それを作るために、葬儀の前にエリスヴィア様の御髪を切り取り、保管しておいてくださったそうだ」

「エ、エリスヴィア様……!?」

そのとき、誰かが駆け寄ってくる気配がした。

「お待たせいたしました！　移動手段を確保いたしました」

女性の声だ。彼女はアシュリーたちの前で足を止めて、深々と頭を下げた。

「私がアシュリー様の避難にご一緒いたします。メリーアン・マーヴェイと申します」

折り目正しく口上を述べた女性は、あの夜、レーニエの部屋で楽しそうに笑っていた女の子だった。

アシュリーは驚きに息を呑む。

間近で見た彼女は、あの夜と印象が別人のように違う。

アシュリーと同じ歳頃に見えていたが、とんでもない。美しく淑やかな面差しは、間違いなくもっと歳を重ねた女性のものだ。

「ああ……アリスティア様……」

——誰……？　アリスティア……？

彼女は涙ぐみ、華奢な手で目元を拭う。

「覚えてはおられないですよね。私は、十五年前までアリスティア様の養育係でした。エリスヴィア陛下のお付きの女童《めのわらわ》として宮殿に上がり、陛下がお隠れになるまで、ずっと侍女としてお仕えした人間です」

——私の養育係？

十五年前のことなんて何も思い出せない。途方に暮れるアシュリーの手を取り、メリーアンは優しい声で言った。

「長話をしている時間はございません、次の潜伏先に参ります」

メリーアンはすぐに気持ちを切り替えたように表情を引き締め、アシュリーの手を握ったまま歩き出す。

まるで、小さな子供の手を引くような仕草だ。メリーアンと名乗った彼女は、アシュリーよりも小柄で華奢な女性なのに……。

そこまで考えたとき、呆然としていたアシュリーの心に何かがよぎった。

「……ねえや？」

突然自分の口から出た言葉に驚き、アシュリーは指先で唇を押さえる。

メリーアンはアシュリーを振り返り、涙をためたまま、にっこりと微笑んだ。

「はい、アリスティア様」

アシュリーの心がざわりと騒ぐ。

——アリスティア……。

昔、どこかで聞いた気がする。けれど、思い出せない。

『新しい名前を使わないと、魔法が解けて、お姫様ではなくなってしまうよ』

優しい男の声が、アシュリーにそう囁きかけた気がした。

◆

「功を焦ったアーベン公爵の部下が、先走ってやってきたようですな」

アストンが、わずかに返り血の飛んだ白いシャツに顔をしかめつつ、レーニエに告げた。

「怪我はない？」

「……坊ちゃまは、私を老兵と侮られておいでかな」

アストンが不機嫌に咳払いをしたので、レーニエは薄く笑って「ごめんね」と答えた。

彼は、アインスノアール公爵の私兵、アインスノア騎士団の元団長。若い頃は『鬼』と呼ばれた剣豪である。

アインスノア騎士団の大半は今も帝都に駐留し、帝国軍に合流して、その指揮下で帝国の防衛に励んでいる。だが、騎士団の顧問相談役を務めていた彼は『主人』の隠居に伴って一緒に来てくれた。不良当主の監視役のような存在だ。

廊下には後ろ手に縛られ、猿ぐつわを噛まされた男たちが転がされている。一人はレーニエによって頸部を圧迫されて昏倒し、今後目覚めるかどうかは不明だ。もう一人はアストンに吹っ飛ばされた後、鼻血を噴いて失神し、完全に縛り上げられて動けない状態だ。

「何人、アインスノアールに入ってきたのでしょう？　アシュリー様を奪われたら、面倒なことになりますが……いかがなさいますか？」

「ケンツェン殿にお任せした」

彼は、アーベン公爵の一人息子でありながら、親の七光りなどとは全く関係なしに功績を積み重ね、今では帝国軍本部の特殊部隊指導官にまで出世した人物だ。

並の軍人では、ケンツェンに傷一つ負わせられない。

それに彼は、アーベン公爵の命令でアシュリーを捜し回っている『特殊部隊』に、捜索方法を教えた『先生』だ。彼らの行動は、彼ら自身よりも熟知している。

「かしこまりました。……にしても、アーベン公爵は今更、何を焦っておられるのやら」

不思議そうなアストンに、レーニエは言った。

「七日ほど前、王太子殿下ご夫妻に、ご長男が誕生なさったそうだ。昨日の夜の早馬で知った。陛下の初めての男孫。帝都は世継ぎが生まれたと喜びに沸き返っているらしい」

レーニエが答えると、アストンが慎ましげに微笑んだ。つい先ほどまで、刺客の顔面を張り飛ばしたあと、みぞおちに容赦ない膝蹴りをお見舞いしていた男とは思えない。

「それはおめでたいことです。なるほど……それでは、アーベン公も苛立つでしょうね。優秀な一人息子とは絶縁宣言し、あれほどの賢夫人をも、石女《うまずめ》と罵り遠ざけてしまって……アーベン公には『先』がありませんからな」

痛烈な批判をしながらもアストンの表情は飄々としたままだ。

「そう、イルダネル陛下の王朝は、着々と代を重ねていこうとしている。アーベン公は、イルダネル陛下の治世が不動となる前に、陛下を『不敬なる簒奪者』の地位に追い落としたいのだろう」

そこまで話すと、アストンは晴れやかな口調で答えた。

「私としては、レーニエ様はこのまま帝都に戻られ、それなりの地位とお力を取り戻された後、粛々と対処に当たられるのがよろしいかと」

アストンは常に『レーニエ様、貴方はカッテルソル様になど負けず出世なさればよろしい』と気軽に背中を押してくれる。

カッテルソルの怪物ぶりを目の当たりにしていないから言える、無責任な言葉だと思うが……気持ちはわかる。

主家の『若様』が腐っているのを見ているのは、歯がゆいのだろう。

「復帰したくなかったんだけどね。君にどれだけ勧められても……」

「さ、そうとなれば話は早い。馬を仕立てて参ります。レーニエ様は旅のお支度を」

六十にしてなお血気盛んなアストンは、転がした刺客を跨いで、部屋から出て行った。

レーニエはため息を吐きながら、重い足取りで階段を上る。

部屋に戻り、ぼんやりと寝台に腰を下ろした。

アシュリーは夜になると、勝手にこの部屋に入ってきて、仕事をしているレーニエを見ながら、ここに寝転んで遊んでいた。

さらさらと何かの絵を描いたり、小説を読んだり。

楽しそうで、自由で、子猫のように愛らしかった。あんなに可愛い大切なアシュリーが、今、レーニエの側にいないなんて。

――ケンツェン殿という方が、君の人生は今よりずっと良くなるはずだ。彼は血の涙を流しながら、娘の安全のためにと身を引いてくださった、本当に君を愛してくれたお父様だからね。

アシュリーが愛しくて、自分のものにしたくて、「兄様」として縛りつけてきた。一生何も知らせずに閉じ込めて、永遠に自分だけのものにするつもりだった。

けれど……やはり罪が暴かれる日は来るものなのだ。

――ごめん、アシュリー。僕は君を迎えに行かないかもしれない。君もきっと、来なくていいと言うだろう。ケンツェン殿に『真実を、何もかもアシュリーに話してください』と言ってしまったから……。

ケンツェンの肩に軽々と担ぎ上げられ、泣きながら手を伸ばしてきたアシュリーの姿が忘れられない。

――ごめんね、アシュリー。

本来ならばアシュリーは、こんな僻地《へきち》で狂った男に犯され続けるような身の上ではない。高貴な身分として大切に遇され、皆から尊敬され、愛されて、光溢れる場所で笑っていればよかったはずの『本物の姫君』だ。

女帝エリスヴィアは『恋人』の子を孕んだとき、『この子には、ブランジェニア家を継がせず、実の父親と暮らせるように計らってほしい』と懇願した。

『子供を授からなくても、近いうちに私は死ぬ定めだったと思う。でも、愛した人に子供を遺したい。彼も赤子は必ず守ると約束してくれた。だから、お願いだから、この子と恋人を静かに暮らさせてあげてほしい』

妊娠で衰弱しきったエリスヴィアの願いはそれだけだった。

彼女は、ブランジェニア朝を存続させてくれ、恋人や我が子に特別な地位を約束してくれなんて、一度も願わなかったのだ。

エリスヴィアは、虚弱だけれど聡明な女性だった。

名ばかりの『女帝』が君臨していたブランジェニア朝はもう終わる。より強い存在が新たな政権を樹立し、『エリスヴィア』は、ただの傀儡だったと歴史に書き残される。そのことを正確に予測していた。

『お願いします、この子を助けて。この子は、傀儡女帝の私生児よ。何の力も持たない赤ん坊なの……』

優しく儚いエリスヴィアを守り続けた忠臣や侍女たちは、皆、何とか彼女の願いを叶えようとした。

だが、周りの権力者は……特に、レーニエが知る中で最も汚い心を持った男……当時のアインスノアール公爵は、率先してエリスヴィアの願いを踏みにじったのだ。

『アーベン公の子息が、父親の指図で女帝の閨に押し入り、彼女を繰り返し強姦したのだ。俺は見た。女帝陛下は、アーベン公の権力を恐れて、あのクソガキを庇わされているだけなのだ！』

そう告発したのは、レーニエの父だ。

エリスヴィアが苦しい息の下で違うと訴えても、父は声高にそう主張し続けた。

父の下らぬ妄言を利用したのが、カッテルソルだ。

イルダネルこそがこの国の光、皇帝にふさわしいと狂信する『怪物』は、レーニエの父の狂った主張を後押しし、女帝の恋人を捕らえて投獄した。

『これで、アーベン公の力は削げましたね。ありがとうございます、公』

カッテルソルは、何度も帝都のアインスノアール公爵邸を訪れてきた。

レーニエはいつもカーテンに隠れて、歪んだ笑みを浮かべる父とカッテルソルをじっと見ていた。父のおぞましさが、情けなくて、辛かった。

カッテルソルは若きケンツェンを、エリスヴィアの出産と、臨終の床に立ち会わせなかった。

それだけではなく、命と引き換えに赤子を産んだエリスヴィアの亡骸を粗略に葬り、彼女にとって命より大事な『私生児』の運命さえも弄んだのだ。

アーベン公爵は、醜聞を起こし、家名を辱めたケンツェンを勘当すると言い切った。

『その私生児と息子が消えれば、私の汚点も消せる』と吐き捨てたという。

当時、アーベン公爵は少数民族の制圧を続け、次なる栄達のために血眼になっている最中だった。将軍位は今にも手の届きそうなところにあり、その先には『軍の総責任者』という最高の名誉職も待っている。息子のせいで出世の足を引っ張られたくないと痛烈に思ったのだろう。

アーベン公は、女帝の死を知り、娘に会わせてくれと慟哭《どうこく》するケンツェンを見捨てた。

一方で、新生児のアリスティアは、野心に燃える貴族たちの格好の『餌』だった。女帝の死を切っかけに成り上がろうとした人間は多かったからだ。

最後の女帝の子を、何とかうまく、自分が成り上がるために利用できないか……。血眼になって、アリスティアの利用方法を考え抜いた。

首も据わらぬアリスティアは、下らぬ談義の席に強引に運ばれて、『この美味しい立場にある赤子をどう料理するか』という会議に付き合わされていた。

新生児のことなど何も知らない、知ろうともしない男たちは、放っておいても元気に泣いているからと、アリスティアを気遣う素振りすら見せなかった。

生まれて一月も経たないアリスティアは、毎日色々な人間につつき回され、その日の都合で様々な会議に連れ回されて、恐怖と空腹を訴え、命がけで泣き叫んでいたらしい。

アリスティアの衰弱ぶりに気づいて無理やり保護したのは、当時『右宰相』を務めていたイルダネルだ。

『皆、こんな生まれたばかりの子を連れ回していたのか？　何を考えているのだ。泣きすぎて声が嗄れている。見ていられん……私が預かる』

『女帝の私生児に情を注ぐ必要はありません。貴方の妨げとなる。敵対勢力の力を削ぐため、その子は念のために殺しておきましょう』

激しく反論するカッテルソルを押し切り、イルダネルは帝都の外れに所有する別邸で、アリスティアを育てさせることにしたのだ。

アリスティアの養育係に指名されたのは、幼い頃から女帝に仕え、臨終の床まで付き従っていた侍女、メリーアンという女性だ。

彼女は代々ブランジェニア家の『御用番』として仕えてきた家の娘で、名目は侍女であるものの、実体は護衛兼密偵である。

メリーアンのエリスヴィアへの忠誠心は厚く、亡き主の魂がせめて安らかであるようにと、赤子のアリスティアに愛情を注いでくれた。

父の刑死後、レーニエは、カッテルソルの『小姓』として、政治や駆け引きの基本を叩き込まれ、彼の手駒として育てられていた。カッテルソルの後ろで、あらゆる大人たちの言い争いをひっそりと見守る日々だった。

女帝の死後、イルダネルが帝位に就き、帝国を立て直すために励み始めて、三年ほどが経った頃だろうか。

『前王朝の血筋の姫を、イルダネル帝に対する対抗馬にできないか』という意見が再燃した。

おそらくはイルダネルの能力が高く、人々から支持され、人望も厚かったことが、イルダネルに敵意を持つ者の憎悪を駆り立てたのだろう。

アーベン公爵は、その頃、無事に帝国軍の最高位である将軍の座に就いていた。

現状に満足したアーベン公爵は、アリスティア姫を利用して、更なる権力を得る方法はないか、ともくろみ始めたのだ。

息子のケンツェンに関しては、醜聞が一部の貴族の記憶に残ったままだ。切り捨てたまま、二度と利用する気も起きない。だが、無垢な孫は、美しく育てば、あるいは利用方法があるのではないかと『気がついて』しまったらしい。

イルダネルを皇帝に押し上げたばかりのカッテルソルは、再度、不穏の芽となるアリスティアは処分すべきだと強硬に主張した。

だが、イルダネルは『幼子殺しに何の正義があるのか』と、頑《がん》としてアリスティアへの手出しを許さなかった。

『イルダネル様は甘い。私は、貴方には無事でいてほしいのです。貴方以外の人間には、この国を治めることはできない……』

レーニエがカッテルソルの泣き顔を見たのはあのときだけだ。

紛糾の末、カッテルソルはイルダネルを説得できず『姫は生かす、ただし、別の人間として』という苦し紛れの結論にたどり着いたのだ。

『カッテルソルが、私の治世を案じてくれることは、痛いほどに分かっている。……わかった。アリスティアの戸籍は書き換え、私の妾腹の子として扱おう。たとえ偽りの人生を送ることになっても、命さえあれば、いずれ幸福を知る日が来ようから』

イルダネルは、発覚時に大騒動になることを覚悟で、私生児アリスティア姫の死亡をひっそりと宣言し『名も知れぬ女が勝手に産んだ娘』を認知した。

同時に、ケンツェンを牢獄から解放させ、『姫は私の妾腹の子として育てる。その方が安全を守れるだろう。だから、まだ若い君は、君の人生をやりなおしなさい』と告げたのだ。

アーベン公爵は、あくまで貴族だ。孫にあたる『アリスティア』に対して干渉はできても、現皇帝の皇女になった『アシュリー』には手出しができない。

イルダネルの嘘を暴くには証拠がなさすぎる。

歯噛みしつつ、アーベン公爵は一旦引き下がった。

そんな中、カッテルソルはレーニエに命じたのだ。

『アリスティア姫を洗脳し、別人として仕立て上げろ。私の前で『ただの子供』ぶっているお前ならできるはずだ。お前は生き延びたいのだろう？　お父様のように死にたくない、僕を殺さないで……そう言ったはずだな』

いたぶるようなカッテルソルの表情を思い出すと、変な笑いが込み上げてくる。

当たり前だ。殺されたくない。

ダルマン家の嫡男に生まれ、アインスノアールの美貌の令嬢を妻に迎えて、順風満帆だった父の転落ぶりを見ていれば、誰だってそう思うはずだ。

——僕はあんなふうに人生を転がり落ちるのは嫌だ。

レーニエの父は愚かすぎた。

無能である自分を認められず、横恋慕と嫉妬心で狂い、ただ純粋にエリスヴィアを愛したケンツェンの人生を破壊し、エリスヴィアの最後の儚い願いを打ち砕いた。

挙げ句、唯一のよりどころとしていた『ブランジェニア朝の忠臣』としての立場すら失い、『俺がアリスティア皇女の後見人になる予定だったのに、なぜ貴様が皇帝に……！』

と逆上して、イルダネルを殺そうとした、唾棄すべき屑《くず》。
それが、レーニエの実の父なのだ。
——あんな屑の失態に巻き込まれて、僕まで死ぬのはごめんだったんだ。
だから、何でもやろうと思った。
幼児の思考を塗り替えるくらい、そんなに時間はかからない。
割り切って取り組み、カッテルソルの歓心を買って、生存率を上げてやろうと……。
けれど……。
『あー……アチュリー……でしゅわ……』
『アシュリーだよ、もう一回言ってごらん』
『アーチューリーッ！　……イエタ……』
たどたどしい口調で自分の『名前』を練習していたアシュリーを思い出す。
抱きしめて頬ずりをすると、いつも本当に嬉しそうに笑ってくれた。
『アシュリーは、本当に可愛いな』
自分のことはレーニエが守ってくれて、優しくしてくれる。
頼る者のない小さなアシュリーは、心の底からそう信じ切っていた。
レーニエの言葉を何でも信じ、顔を見れば笑顔で駆け寄ってきた。
王宮の一室を与えられ、ねんねも、ご飯も、お風呂も一緒。
レーニエは常に、女帝の私生児を『監視』し、誰よりも信頼できる『レーニエ兄様』を演じて、幼い記憶を丹念に塗りつぶした。

アシュリーは、イルダネルや、兄姉たちよりも、レーニエに懐くようになった。

まともな大人であるイルダネルは『小さな子供の世話を任せてすまないな。カッテルソルに苦情を言いにくければ、私に言いなさい』と気遣ってくれたが、レーニエは幸せだった。

『生意気な目をしている』と殴られた痛みも、『生き延びたければ私に従え』と強要された刺青の痛みも、可愛いアシュリーが『おててつないで』と言ってくれれば、和らぐ気がしたのだ。

騙してごめんね。嘘を教えてごめんね。そう思う気持ちが膨らめば膨らむほど、アシュリーへの執着は増していく。

『もっともっと巧みな嘘を重ねて洗脳すれば、アシュリーは僕だけを信じて永遠に離れていかないのではないか』

レーニエはいつしか、そう思うようになっていった。

誰かの特別な人になりたい。そうやって他人に縋ろうとする気持ちは、あのおぞましい父と同じだった。

自分には、あの卑怯者の血が流れているのだと思うと、悲しかった。

だが、己の負を自覚すればするほど、アシュリーを欲しい気持ちが強くなる。

――一度僕から離れたら、アシュリーはもう帰ってこないでしょう……？　だって僕はお父様と同じおぞましい怪物なんだから……。絶対に僕の正体に気づかれないように、いっぱい優しくして、僕の世界に閉じ込めておかなくちゃ。

アシュリーが六歳になったある日、カッテルソルが言い出した。

「あの姫にも禁蝕印を入れることにした。エリスヴィアのように、前王朝の血統を好き勝手にまき散らされてはたまらんからな」

すぐにイルダネルに密告に行けばよかったのだ。

レーニエは腹いせに殴られただろう。

だがきっと、止めることはできた。なのに……。

――あの印があったら、僕の側から……離れられなくなるかな……。

レーニエの心に湧き上がったのはどろりとした喜びだった。

――可愛いアシュリー。誰よりも僕を信じ、大好きだと言ってくれる宝物……。

アシュリーを永遠に手放さずに済む方法が見つかるなんて、夢にも思わなかった。

「侍女に命じて姫の夕食に眠り薬を混ぜる。寝ている間に、慣れた者が短時間で作業を済ませるだろう。しばらく塗り薬の痛み止めも塗らせておく。禁蝕印は誰にでもわかるように、単純な図形だから、簡単に入れられて助かるな」

カッテルソルは、良いことを思いついたとばかりに笑っていた。

その夜、すぐに眠ってしまったアシュリーは、レーニエが添い寝する寝台から連れ出され、夜半過ぎに戻ってきた。

翌朝アシュリーは、眠そうにふらふらとレーニエのところに歩いてきて『脚の付け根が痛いけど、ズロースを脱がないと見せられない』とぐずった。

刺青は痛い。だから、子供に使うには強めの薬を飲ませたようだ。

レーニエは焦ってアシュリーの小さな顔を覗き込んだ。

――カッテルソル様の部下の医者が処方したのだろうから、多分平気だと思うけど。

とろんとした目をしていたアシュリーは、レーニエに頬を包み込まれて、にっこり笑った。それほどおかしなところはないようだ。

無事でよかったと思いながら、レーニエは何も気づかない振りをしてアシュリーに言い聞かせた。

「痛くても、人前で脱いだら絶対に駄目だよ。わかった？」

結果的に、アシュリーが忌まわしい刺青に気づくことはなかった。

カッテルソルの子飼いの医者がアシュリーに痛み止めを飲ませ、夜も診察に来て、消毒と患部の手当てをしたからだ。

「おできができていたのですよ。お薬を塗って治しましょうね。すぐに痛くなくなりますから、いい子で泣かないように」

アシュリーは医者とレーニエに笑顔で宥められ、素直に安心し、一週間もすれば痛みを忘れて、いつもどおりに元気に飛び回り始めた。

取り返しのつかないことになって、レーニエは気がついた。

自分は父と同じ生き物だ、と。

好きな物が手に入らないなら、めちゃくちゃにしてしまう卑劣な生き物……。

一度取り返しのつかないことをしたら、永遠に消えないのだ。

償えればいいのに、と何度も悔やんだ。

せめて政治家として力をつけて、アシュリーを脅かす可能性のある存在を一つ一つ潰していこう。そうすれば、彼女への贖罪になるのではないかと考えたのだ。

『お前は知恵が回る。陛下のよき駒になれ』とカッテルソルに徹底的に学問を叩き込まれて、亡き父が脱落した試験に最年少で合格し、右宰相候補にまで這い上がり、カッテルソルの監視の下で不穏分子の洗い出しに従事した。

何人も政治犯をあぶり出し、捕らえて投獄し、処刑台へ送り込んだ。

少数民族の保護のために尽力したのも、帝国に刃向かう虫を一匹一匹潰したのも、全部アシュリーに償うつもりでしたことだった。この判断は、いずれくだらぬ陰謀から、アシュリーを救うことになるだろうから……と。

――馬鹿だな。もう、何をしても許されないのに。

自分にできることは、多分、アシュリーの人生から去ることだけ。

骨の髄までそう理解して、なお、アシュリーを誰にも渡したくない。あれはレーニエのものだ。レーニエの海には、アシュリーしか生き物がいない。どんなに潜って探っても、アシュリー以外の生き物はいないのだ。

永遠に、この暗くて底の見えない海の中にいてほしい……。

つい先日渡された『兄様の絵、色々』と題された画帳を手に取り、レーニエは力なくそれを膝に落とした。

「アシュリー、僕は、こんな顔じゃないだろう……」

絵の中のレーニエは、いずれも幸せそうに、優しく笑っている。

あの子を暗い海に引きずり込もうとした屑が、こんな顔をしているはずがない。

純粋なアシュリーは騙されているのだ。

小さな頃からレーニエに塗りつぶされてきた彼女の目には、レーニエが見せたかった嘘が映っている。

けれど実の父と会った今、すぐに真実を知るだろう。

自分が描いたレーニエのとびきりの笑顔は偽りなのだと、きっと気づいたに違いない。

脳裏に、遠い昔にエリスヴィアが絵を描いていた姿が浮かぶ。

美しい絵だった。若々しい生真面目なケンツェンの姿を描きかけたその絵は、愛そのものを描いたと言わんばかりの、本当に……美しい絵だった。

こんなふうに描かれる資格はレーニエにはない。

レーニエは、ずっとアシュリーを欺き続けてきた。

自分の本性を、自分の父がしでかしたことをアシュリーに知られたら、破滅が待っていると知っていたのに。

――君は、その血筋のせいで、カッテルソル様が結婚を許可しないし、自由な恋も許されない。だから僕は安心だった。ずっと僕の中にある空っぽの海に君を閉じ込めて、二人きりでいられると思っていた……。

レーニエの耳に、アシュリーの愛らしい囁きが蘇った。

『もしこの刺青を強引に潰され、政略結婚させられたとしても……兄様は旦那様の代わりに、私を毎晩抱いてくださるつもりだったのよね？』

アシュリーは、レーニエのためなら思考をねじ曲げ、倫理すら考えられない人間になった。レーニエの教育は正しかったのだ。そう思うと、いびつな喜びが胸いっぱいに広がる。

――そうだね。君の隣にいる化け物は、君の夫を精神的にも、社会的にも潰して、彼の目の前で君を孕ませるまで抱いていたと思うよ。でもね、アシュリー、僕たちの間では正しくても、『海の外』では、それは間違いなんだ……。

レーニエは立ち上がり、旅行鞄に最低限の荷だけを詰め込む。鞄の端から、あの不思議な骨飾りが転がり落ちた。

――あれ……ここに入れたっけ？　いつも変なところから出てくるな。上着とか使っていなかった鞄とか。

拾い上げると同時に部屋の扉が叩かれ、アストンが顔を出した。

「なにやら手紙のようです。漁師の子が届けに来ました。知らないおじさんに持って行けと言われたそうで……飴を一袋やっておきましたぞ」

——ということは、密偵の誰かからの連絡だな。

手紙を開こうとするレーニエに、アストンが言う。

「早く出立いたしましょう。手紙はあとで！」

「少し待って、すぐ読むから」

レーニエは逸るアストンを制し、汚い字で書かれた手紙に目を落とす。

共通語に挫折《ざせつ》したのか、手紙の文章は、途中で東方の騎馬民族の言葉に変わった。

手紙の後半には、伸びやかな異国の文字でこう書かれていた。

『アーベン公爵の動向が怪しいようだ。マルトロー砦に来ている帝国軍の奴らが、公爵につくか、静観するか、どちらが得かをずっと議論している』

アーベン公爵は、イルダネルの即位の経緯が正当であったかを問うために、軍部の要人たちに助力を要請して回っているようだ。

これまでは、イルダネルの皇帝としての高い評判に負け、アーベン公爵が口にする皇帝への批判は、それほどの力を持たなかった。

だが、女帝の私生児『アリスティア』が、今年十八歳になった。

皇位請求行動が認められる歳である。

女帝の私生児だったアシュリーは、本来女帝の一人娘で、皇位継承権が第一位のはずだ。

これを、皇位継承権で言えば遙かに下位のイルダネルが奪った。アシュリーには、これを返せという権利があるのだ。

もちろん後見人もなしにそんなことを請求しても、大概は、請求した本人が闇から闇へと葬られるだけだ。

しかし、今回は、アーベン公爵がこの『皇位請求行動』を逆手にとって動こうとしている。強引にアシュリーの後見人となり、彼女に帝位を返せ、と迫る気なのだ。

『皇帝イルダネルは、アーベン公の嫡男ケンツェンと、亡き女帝の間に生まれた一人娘を、いざというときの道具にするために、生かし続けていた』

レーニエの密偵によると、帝国軍の内部では、このような噂が流れているらしい。

『存在を抹殺された皇女に正当な皇位を』

アーベン公爵は、持ち前の野心で、軍の関係者を説き伏せてもいるようだ。

悪いことに、アシュリーの容姿は、今では生母エリスヴィアに生き写しだ。

イルダネルが『アシュリーは私と踊り子の娘だ』と言い張っても、エリスヴィアの顔を知る人間は信じないだろう。

彼女の出生当時の経緯を知る関係者や、エリスヴィアの顔を知る人間は、まだまだたくさんいる。彼女とエリスヴィアの母子関係を疑う者は、きっとほとんどいない。

アーベン公爵が、帝国軍の後押しを得て『イルダネルによって不当に奪われた帝位をアリスティア姫に』と主張すれば、反イルダネル派の貴族は、アーベン公爵に呼応して決起するだろう。

それが、アーベン公爵の狙いなのだ。軍の要人も、表沙汰にはなっていないが、アーベン公爵に何らかの内諾を与えたのだろう。その話が軍の将校たちにも伝わり『皇帝につくか、アーベン公爵につくか』という議論が過熱しているに違いない。

レーニエは、バルファ族からの手紙を読み進めた。

『バルファ族を殺しまくったアーベン公は俺の敵だ。鼻を明かしてやれるなら喜んで協力する。お前が〝罪には問わない〟と約束してくれたことを信じて、我らは旧バルファ王国領・東部国境防衛戦であるマルトロー砦を空にする。帝国軍の奴らは牢にぶち込んでおく。〝北陽の日〟、日の出と同時に、部族全員で朝駆け開始だ。久々に大草原を横断し、愛馬を思う存分走らせてやる。隣国が攻めてきたら、皇帝がどうにかしろ。俺たちバルファ族は、宗主国がどの国でも構わないからな』

レーニエは卓上の暦に目を走らせ、かすかに目を輝かせた。北陽の日は、今日だ。この知らせが届いたら、アーベン公爵は度肝を抜かれるに違いない。

全軍を掌握していると嘯く彼の承り知らぬところで、東の国境砦が空っぽになったのだから。

——バルファ族が動いた……。

レーニエの口の端に薄い笑みが浮かんだ。

長い時間をかけ、丹念に仕込んできた歯車の一部が、カチリと音を立てて嚙み合う。

かつて、バルファ族の族長が謝礼の骨飾りを献上しに帝都を訪れたとき、レーニエは族長に言ったのだ。

『アーベン公爵が政変を起こそうとしたときに、マルトロー砦の守備を解いてください。さすがに国境ががら空きになれば、軍の責任者であるアーベン公は政変など起こす余裕はなくなり、動揺するでしょう。その際、責任は私が取りますので』

一枚置いた最後の紙には、大きな字で『本音』が書き殴られていた。

『砦でじっとしているのは息が詰まる。また時々、好き放題やらせてくれ』

東部国境線マルトロー砦が落ちたら、旧バルファ王国領の大半が奪われる。だが、バルファ族のこれまでの抵抗ぶり、忠誠心の低さを鑑みて、帝国は旧バルファ王国領の内側にも、幾重もの防衛線を設けている。

仮に近隣諸国が攻め込んできたところで、奪われるのは領地の一部だけだ。もちろん、領地の一部を奪われるのも、莫大な損害には違いないのだが……。

他国に攻め入られ、旧バルファ王国領を奪われる可能性と、軍部を掌握したアーベン公爵が起こす『皇位請求行動』で、イルダネルの皇位が危険に晒される可能性。

左宰相カッテルソルが、どちらを守ろうとするかは、自明の理だ。

『陰謀なんてうんざりだ』というのが、最近のレーニエの口癖だった。

けれど今、レーニエの心は『仕込みが最高の効果を発揮した喜び』と『カッテルソルを上手く出し抜く喜び』に沸き立っている。悲しいかな、人は、生まれ持った本性を変えられないのだろう。

――アシュリー、僕が、二度とアーベン公爵なんかに利用されないようにしてあげるからね。君は、お父様に愛され、まっすぐに生きてくれ。それが本来の君の人生なんだ。

そう思い、レーニエは疲れ果てたように目を閉じた。

第六章

『エリスヴィア様の最後のお願いどおり、アリスティア様……いえ、アシュリー様と、実のお父様をお引き合わせするのが、私の夢であり、使命でございました』

メリーアンは、手配してくれた船の中でアシュリーにそう説明してくれた。

アシュリーが、女帝とケンツェンの間に、婚姻を経ないで生まれた娘であること。

ケンツェンは、許されない立場であることを理解しつつ、エリスヴィアの『寿命が尽きる前に、普通の女として好きな人と過ごしたい』という求めを受け入れたこと。

エリスヴィアの懐妊により関係が露見し、アーベン公爵の激烈な怒りを買って親子の縁を切られても、全く後悔していないことを教えてくれた。

『親父殿は、一人息子の俺に都合の良い嫁を取って、権力の増強を図りたかったようだ。俺をエリスヴィア様のところに派遣した理由は、エリスヴィア様の動向監視のためだったらしい。俺がエリスヴィア様にのぼせ上がるというのは、計算外だったのだろうなぁ……』

そう語ったケンツェンは、とても懐かしそうな顔をしていた。

『だが、勘当されてよかった。俺と親父殿はそりが合わないし、エリスヴィア様が、俺がいて幸せだと言ってくださったときに、俺の人生は満たされた。最高の幸せを知るのが、人より早すぎたのだろう』

本当にそんなに欲がないのだろうか。聞いていて不安になるほど、ケンツェンは常に達観した表情だった。

彼がこんな顔をしているのは、何もかもを失ったせいなのかもしれない。

そう思うと、アシュリーの胸はチクチクと痛んだ。

『エリスヴィア様はあれほど俺を幸せにしてくださったのに、俺は駄目だな。君を授かって、体調を崩したエリスヴィア様に付き添いたくとも、一度も牢から出られず……本当に、心残りだ。あとは、君と暮らせないことも、君の消息を知らされないことも、全部エリスヴィア様を守りきれなかった罰だと思って生きてきた』

――そんなことないのに。絶対、そんなことないわ……。

けれどアシュリーには、母の気持ちはわからない。

母の逝去まで看護をし続けたというメリーアンは、ケンツェンを慰めはしなかった。

『陛下は最後まで、貴方への恨み言など何もおっしゃいませんでした』と言っただけだ。

アシュリーを産まなければ、エリスヴィアはあと数年は生きられたかもしれない。

だから、ケンツェンには、エリスヴィアを受け入れないでほしかった。

虚弱なエリスヴィアの寿命を縮めたケンツェンを憎くも思うし、姉同然に想っていた主の想いを叶えてくれて感謝もしている。

メリーアンは何度かに分けて、そう語ってくれた。

未だに彼女は、怒り混じりの複雑な感情をケンツェンに抱いているようだ。

『君が健康でよかった。神様は本当にいらっしゃるものなのだな』

ケンツェンは、それ以上は言わなかった。

実の娘に、亡き母親との恋物語を語るのは恥ずかしかったらしい。

けれど、彼がエリスヴィアを今でも愛し、大切に思っていることは伝わってきた。

――私、覚えていない……。ねえやっていう人がいたことしか思い出せない。

ぼろぼろ涙をこぼし、じっと押し黙るアシュリーに、ケンツェンもメリーアンも何も言わなかった。

――お母様のことも、ずっと『可哀相な他人』だと思っていたわ。命がけで、この世に送り出してくださったのに……。

自分の無知が辛くて、アシュリーは歩きながらも涙が止められなかった。

メリーアンの案内で、アシュリー一行は、港ではないさびれた岸壁から、ノーマンという漁師の船に乗せてもらった。

途中、魚を捕りながらの不思議な船旅だったが、理由は下船のときにわかった。

『俺は、遠洋漁のついでにここに寄っただけ。あんたらの旅費はレーニエ様にもらってる』

ノーマンはそう言って、ケンツェンに手伝わせて捌いて干した大量の魚と共に、漁船で去って行った。

漁を偽装して連れてきてくれたようだ。

釣った魚を処理しながらの船旅だったのは、港に帰った後、漁に出た証拠とし、怪しまれないようにするためだろう。

メリーアンとも、『お二人はこのまま親子としてお振る舞いください。私はレーニエ様に命じられた情報収集を続けますので、別行動をいたします』と、港で別れてしまった。

——多分、ケンツェン様と一緒にいると、悲しくなるのでしょうね……。

それは仕方がないことだと思う。

メリーアンにとって、エリスヴィアはとても大事な『姫様』で『たった一人の主』だったようだから。

アシュリーが連れて行かれたのは、街の外れにある古い屋敷だった。

屋敷の門は二つあり、正門にはレンティア帝国の紋章がかけられている。

——あちらの門は皇帝家のお遣いを迎える格式になっている。きっとかなり高位の貴族の別宅なのね。でも……とても質素なお宅。

不思議そうなアシュリーに、ケンツェンが教えてくれた。

「ここは、カトライト家の所有する別宅だ。母は、ここと帝都を往復して暮らしている。今、母は、孤児院の支援で帝都に行っている時期かな」

あっさりと言われて、アシュリーは驚きすぎて、飛び跳ねそうになった。

「アーベン公爵が所有するお屋敷なの？　あの、アーベン公爵は私を捜し回っているのでしょう？　お父様を追い落とす口実に、わ、私の、エリスヴィア帝の娘の祖父だと名乗って、利用しようって……なのに、公爵がお持ちの家にいて良いの？」

「親父殿は今頃、血眼になってアインスノアールを捜索しているはずだ。別居中の妻が、自分を裏切り、息子と孫のために別宅を貸したなんて思いもしないだろう」

「でも、もしも私をかくまったって知られたら……」

「まあ……そうだな。知ったら俺と母に制裁を加えようと躍起になるかもな。だが、それでもいい。母も、それでいいと言うだろう。俺が今度こそ娘を守りたいと言ったら、母は賛成してくれた。お前の子はお前が守ってやれと。俺が親父殿に似なくて嬉しいし、誇りに思っているとな……」

ケンツェンはそう言って、さばさばと付け加えた。

「さ、こんな話はさておき、君はお湯を使っておいで。潮風でべたついただろう。そのあとはゆっくり眠るといい」

ケンツェンの好意で、久しぶりにたっぷりと湯を使わせてもらいながら、アシュリーは脚の付け根に触れた。

――私の刺青、おむつを替えてくれたメリーアンさんは知らないって言っていた。

アシュリーは自分の裸体を見下ろした。

身体中に紫の花が咲いている。

口づけの痕が、レーニエの咲かせた花に見える。他の理由でできた痣だったら、花になんか見えなかっただろう。

――兄様には、何をされても愛おしいばかりよ。

レーニエは、二度とアシュリーが『アリスティア』に戻らないよう、魔法をかけた。

アシュリーは彼の魔法で『無知なお姫様』になったのだ。

レーニエはきっと、そのことを後悔し続けているに違いない。どんなに執着心が強く、独占欲の塊のような男でも……アシュリーの『レーニエ兄様』は優しい人だから。

もう一つ気付いたことがある。レーニエは、多分この刺青のことを最初から知っていたのだろう、ということだ。

初夜でこれを見つけたとき、彼は全く驚かなかった。次の日教えてくれたときも、大して気にした素振りもなく、『気にしない』としか言わなかったのだ。

――私の身体に刺青があったのに、あの態度は、兄様らしくなかった。

レーニエは昔から過保護だ。熱を出すたび、寝ずに付き添ってくれるくらい、アシュリーの身体を案じてくれた。

流行のドレスのために胸を押しつぶしたり、髪を絡ませてしまって、鬱陶しくてちょんと切っただけで『身体を傷つけるような真似は駄目だ』と不機嫌になる人が、この刺青だけは無視するなんておかしい。

だから、きっと知っていた上で黙っていたのだ。

アシュリーの身体に刺青があると告白したとき、ケンツェンは震えて怒っていた。事態が落ち着いたら医師を捜し、時間をかけても消させると言った。

そのくらい、忌むべき印なのだ。なのにレーニエは、刺青を見て平然としていた。

──兄様は、私が刺青を入れられるのを故意に見過ごしたの？　もしそうなら嬉しい。

それは、私を他の男のところにはやりたくないって意味よね……兄様……。

ほの暗い喜びが、じわじわとアシュリーの心を満たす。

「兄様、私をこんなに愛した責任は、最後まで取って」

声に出して改めて実感した。レーニエになら、どんなに取り返しが付かないことをされてもいい……と。

親の許しなしに強引に貞操を奪われ、劣情を注がれても、アシュリーは嬉しかった。

この刺青に彼が関わっていたとしても、それすらも嬉しい。

下腹部に鈍痛を覚えて、アシュリーは身体を確かめた。腿に赤い滴が伝っている。そろそろと思っていたが、予定どおり月のものが始まったようだ。

──残念だわ。赤ちゃんができていたら、兄様は、私から逃げられなかったのに。

アシュリーは唇を噛みしめる。

自分の中にこんなに汚い感情があるなんて知らなかった。幼かった自分も、少し大人になったのだと思う。

──私、お母様の話を聞けてよかった。辛くて悲しいけど、よかったわ。だって今の私を支えてくれるのは、お母様の恋のお話なんだもの。

母エリスヴィアは、愛する男を遺していかねばならないと知っていて、それでも身も心も愛されることを望んだという。

我儘で無責任な選択だと思うけれど、きっと母には恋する男の腕の中以外に『行きたい場所』はなかったのだ。

アシュリーは母の話を聞いて、しみじみと『母子だ』と実感した。

なぜならアシュリーは、母と同じことを思っているからだ。

たとえレーニエを苦しめるのだとしても、愛されたいと。

──大好き、兄様。私、浮気以外は何をされても全部許すわ……。

アシュリーは濡れた顔をそっと拭い、顔を上げた。

レーニエを連れ戻す術があるとすれば、それは、この罪の刺青だけなのだ。心を決めて身支度を調え、身体の手当てをして、居間に顔を出す。

ケンツェンは静かに本を読んでいた。軍の教本らしい。

傍らには彼が書いてくれた『木や岩に登るときの心得』が置いてある。

これまで何回か木に登ったことがあるし、今後も多分登る、と言ったら『怪我をしないよう、正しい登り方を知っておくように』と、軍の基礎教育の内容を教えてくれたのだ。多分禁止しても君は聞かないだろう……と。

ケンツェンは、今回、帝国軍内でアーベン公爵の不穏な動きを知り、アシュリーを守るために駆けつけてくれた。

アシュリーが『勅使』としてアインスノアールに向かったことは、皆知っている。

ケンツェンは、父の強引さと、年々悪化する『我慢のきかなさ』に不安を覚えていた。

最悪、アーベン公爵は軍を率いてでもアインスノアールへ押しかけ、強硬な手段で『アリスティア』を奪うだろうと確信した。

『親父殿は耄碌《もうろく》している。平和な帝国で内乱を起こしてでも、今回の思いつきを実現させようとするだろう。そのくらい、阿呆なお方なんだ……』

だからケンツェンは、アシュリーを守るために、軍の仕事を休んで来てくれたのだ。

二年前、駆け落ちを持ちかけられたと誤解したときも同じだったらしい。

その頃からアーベン公爵は『女帝の私生児をうまく使えば、イルダネルの足を掬えるのではないか』と言い始めていたという。だから、何とか助けようと話しかけてくれただけだったのだ。

――私のためになぜそこまでしてくださるの。一緒に暮らしたことなどなかったのに。お父様も『まだ若いのだから、これからは自分自身の幸せを考えて生きろ』って、ケンツェン様におっしゃったらしいのに……。

それでも彼は、アシュリーを守ろうと一心に駆けつけてきてくれた。母と交わした約束どおり、娘は自分が守らねば……と。

こんなに誠実で思いやりの深い人だから、母は彼を好きになったのだろう。

アシュリーの視線に気づいたのか、ケンツェンが顔を上げた。

「湯冷めしないようによく髪を拭きなさい」

心配性なのだ。そんなところは父帝やレーニエと同じで、心が温かくなる。そんな人に、これから狡《ずる》い嘘を吐くのだと思うと胸が痛んだ。

――ごめんなさい、ケンツェン様……多分驚かせてしまうけれど、許して。

そう思いつつ、アシュリーは小声でケンツェンに尋ねた。

「あの……私……レーニエ兄様と結婚できないのかしら……？」

唐突すぎる質問に、ケンツェンは驚いたように顔を上げた。

「何の話だ？　君がレーニエ殿と結婚とは？　彼は君の個人教師だろう？　アインスノアールでも、イルダネル陛下の命令で、君の身の上を保護してくれたと聞いたが」

――やはり、ケンツェン様は、私と兄様のことをご存じないのね……。いくらレーニエ兄様でも言えないわよね、私の本当のお父様には……。

恥ずかしくて死にそうになってきた。だが、無事にレーニエと結ばれるには『お父様』の力を借りなければ。

「け……結婚できなかったら……困るの……」

「どうした？　レーニエ殿に何か言われたのか？」

アシュリーの嘘泣きに、ケンツェンがおろおろと立ち上がる。

逃亡の道中は、怖いくらい何にでも目が行き届いていたのに、今、アシュリーの目から涙が一滴も出ていないことには気づいていないようだ。

「結婚できなかったら、私、牢屋に入れられてしまうかもしれないの。だって、親の、陛下の許可もなく、兄様に貞操を捧げてしまったんだもの……兄様は、私を妻にするって、絶対妻にするってお約束してくださったのよ。だから私、信じてしまって。なんてことを……どうしましょう……」

勇気を出して『よくわからないけれど押し倒されて処女ではなくなってしまいました。これって犯罪ですか？』という旨を問うてみた。

初心な生娘のふりをしすぎただろうか。恋愛小説のお姫様はこのくらいの初心さだった記憶があるのだが。

だが、ケンツェンの顔は、アシュリーの拙《つたな》い話を聞いた刹那、覿面《てきめん》に凍り付いた。

——怒ったかしら。そうよね、こんな話を聞くのは嫌よね……。でも私、絶対に兄様のところに戻りたいから助けてほしいの……ごめんなさい。

アシュリーは心の中で謝罪を繰り返しつつ、下手な嘘泣きを続けた。

かなり長い間黙っていたケンツェンが、不意にニッコリと笑う。だが、その顔色は異様に悪かった。

「……そんなに辛いことを、よく話してくれた」

そう言うと、ケンツェンは遠慮がちに、アシュリーの身体を抱き寄せた。

「アリスティア、いや、アシュリー。俺を父だと思って、正直に話してくれたんだな」

様子をうかがうアシュリーをそっと抱いたまま、ケンツェンが言った。

「え、ええ、そうよ。お父様だと思って……お父様だから……」

「……ありがとう、アシュリー。君に会いに行けなかった俺を許してくれて」

ケンツェンの声は震えていた。『父と思った』と言われて感極まったらしい。

ここまでの道中は照れくさくて言えなかったが、必死で守ってくれ、母の思い出を大事にしてくれた人を、アシュリーだってもう他人とは思えない。

『父子』だと思えたからこそ、『父』を焚きつけようと考えついたのだ。

「わかった、うやむやでは終わらせない。お父さんが何とかしよう。俺は父親として、エリスヴィア様の分まで君を守らなくては」

そう言って、ケンツェンは額に青筋を浮かべ、アシュリーにもう一度微笑みかけた。

「大丈夫だ、お父さんがレーニエ殿をアレしてやる。もう泣かなくていい」

――えっ？　アレって？　何をしてくださるつもりなの……？

大変なことになったかもしれない。そう思いつつ、アシュリーは猫を被った声音でケンツェンに懇願した。

「お願い……兄様とお話がしたいの。状況が落ち着いたら、私をレンティア宮殿に連れて行って……」

◆

アシュリーの手を離して一週間後。

焦るアストンを宥めながら、のんびりと帝都に着いたレーニエを待っていたのは、左宰相カッテルソルの絶対零度の罵声だった。

「馬鹿者……バルファ族にマルトロー砦を空けさせたのは、お前か……！」

怪物宰相も、怒りに震えることはあるようだ。

レーニエはいつもどおりの飄々とした顔で、わざわざ私室に迎えて説教してくださったカッテルソルに口上を述べた。

「その件ですが、なぜ、僕の仕業だと思われたのですか？」

「……私を舐めるな。貴様が少数民族たちの機嫌を取り続けた理由に気づいて、殺してやろうかと思ったぞ」

完全に手綱をつけたはずのレーニエが、勝手に陰謀を進めていた。

カッテルソルはそれらの事実に激怒し、内心ではおそらく怯えている。

レーニエは落ち着き払って彼に一礼した。

「それは申し訳ありませんでした。ですが、アインスノアールから帝都まで、僕がこのように生きてたどり着けたということは……一応、お許しはいただけたのですよね？」

本気で許さない気なら、多分、カッテルソルの刺客に、道中で殺されていただろう。いくらアストンがいても、多人数で囲まれたら敵わない。

「貴様に煮え湯を飲まされたことは忘れん！　国境を空けるとは！　もしマルトロー砦が奪われたら、帝国の税収がどれだけ下がると思っているのだ！　諸外国からの、我が国に対する戦力評価も下がる。バルファ族を抑えきれない程度ならばと、我が国への侵略を考え始めるかもしれないのだぞ！」

——そのくらい、計算しておりますしわかっています。ですが、貴方は旧バルファ王国領よりも、イルダネル様が大事なのでしょう。陛下は、知恵のありすぎる『ドブネズミ』だった貴方を救ってくれた、唯一の光なのだから。

心の中で舌を出したレーニエの前で、カッテルソルは苦い顔で咳払いをした。

怒りを発散させて、少し頭が冷えたようだ。

「……アーベン公爵に呼応し、政変を起こそうとしていた軍の一部は、大慌てでマルトロー砦へ向かった。帝国軍内では、バルファ族を掌握しきれていなかったアーベン公爵に対し、失望の声が出始めている」

——予想どおりだな。

「アーベン公爵を支持していた貴族や富裕層も同様だ。まさか国境をがら空きにして、自分の進退に拘泥《こうでい》しているとはと呆れているようだ。能力があると思ったから、支援したのにと……支援者の半分程度は、もうアーベン公から手を引き始めている」

「無能なお友だちなんて、要りませんからね」

レーニエが適当に話を合わせると、カッテルソルが苛立たしげに大きな息を吐いた。

「お前が事後処理をしろ。ついでにいい加減、右宰相の職を受けろと陛下が仰せだ。その方がいい、帝都にいさせた方がお前を監視しやすい」

ブツブツ言い続けているカッテルソルを横目に、レーニエは考えた。

――『北陽の日』からはもう一週間経っている。心配性のカッテルソル様が、本当に危ないところは片付けてくださっただろうな。余計な仕事をさせられて、こんなに激怒してるんだろう。やはり遅刻して正解だった。押しつけられる仕事の量が減ったからね。

今回の遅刻は減点だろうが、それでいい。カッテルソルからは愚鈍だと思われていた方が良いのだ。

カッテルソルは能力の低い人間を嫌うが、自分の手に負えない優秀な人間のことは、怖がり、殺したがる。だからさじ加減が肝心なのだ、今回のように。

悲しいかな、レーニエもこの化け物の扱いに慣れてしまった。

「それで、アリスティア姫の処遇だが……」

カッテルソルが眉間に凄まじいしわを寄せ、不機嫌の極みのような声音で言い出した。

「陛下には彼女の処分を奏上しようと思ったが、どうせ聞いてはいただけぬと思い直した。よって、アーベン公爵の爵位剝奪のみで手を打とうと思う」

レーニエは悟られないように、わずかにほっと息を吐いた。

「アーベン公爵の身柄は、どうすれば良いですか」

「帝都の屋敷に蟄居させている。人望を失い再起は困難だろうが、妙な動きをしないか常に監視しておけ」

レーニエは深々と頭を下げた。

帝国軍の責任者でありながら、最重要拠点の国境砦を把握できていないというのは、位剝奪には充分な理由だろう。

——カッテルソル様のお嫌いな、調整業務と事後処理を丸投げされたな。

レーニエは、山積みになった国境放棄事件の残務を思い、どっと疲れを覚えた。

だが、これでいい。

忙しければ、アシュリーのことを考えないでいられる。

——君を託すとき、ケンツェン殿は『娘の幸せだけを考える』と約束してくれた。僕の愛なんてまがい物だよ、アシュリー。ケンツェン殿がくれる温もりが、君が本来得るべきだった愛情で、本物の幸せなんだ。

レーニエの脳裏に、幼いアシュリーが『新しい名前』の練習をしている姿が浮かんだ。

『アチュ、リー……あ……じょうずに……いえた？』

ケンツェンはどれほど、生まれたばかりのあの子を抱きしめたかっただろう。

娘がどんなふうに育ち、どんな声で喋り、笑い、怒るのか、全てを見たかったに違いない。

きっと、早逝したエリスヴィアも同じ気持ちだったはず。

帝国がエリスヴィアとケンツェン、そして二人の宝であったアリスティアから奪ったものは、あまりにも大きすぎ、もう取り返しがつかないことなのだ。


レーニエが帝都について何日経っただろう。

徹夜と仮眠を繰り返し、生活が不規則すぎて、今日がいつなのかもわからない。

皇帝イルダネルが嬉々として送りつけてきた『右宰相就任任命書』を散らかった机の上に放り出し、レーニエは鬼の形相で書類を片づけていた。

予想どおり言うことを聞かないバルファ族に手を焼きつつ、帝国軍の上層部の『自分はアーベン公爵の皇位請求行動には全く関係ありません』という釈明に無駄な時間を割きつつ、気づけばもう夕方だ。

レーニエは、卓上にひっそり飾った小さな画帳に目をやった。

未練がましく飾っている画帳は、アシュリーが絵を描いていたものだ。

小さな画帳は、表紙が硬いお陰で裏に支えを置けば自立してくれる。

中の紙一枚一枚に描かれた絵は、風景の素描が多い。

素描を見ていると、アシュリーがいかに楽しくアインスノアールで過ごしてきたのか伝わってきて、胸が掻きむしられる。

画帳の後ろの方のページには、何枚もレーニエの素描があった。アシュリーの愛と幸福に満ちた自分の肖像を見るたびに、苦しくなる。未練がましい自分が情けなくて、笑える。だがどうしてもこの画帳を手放すことができない。

──最後に、いつ寝たんだっけ……。

懲りずに脱走を図ったというアーベン公爵の監視計画見直し書に署名をし、レーニエは無表情でペンを投げ捨てた。

──どうして僕が全部の尻拭いを……？　というか脱走とはどういうことだ？　反省は？　反省する程度の覚悟なら、そもそも皇位簒奪などもくろまないってことか？

嫌気が差してくる。自分の力量も把握しきれずに皇位に未練を残し続けるアーベン公爵の帝国軍内の関係者や支援者は、未だに多い。彼らへの配慮で、何とか処分を『蟄居』に留め、適切な落としどころを探っている最中だというのに。

──カッテルソル様にお任せしたら、迅速にあの世行きだぞ。担当者が僕で運がよかったな。わかっているのか、アーベン公。いや、来月には元アーベン公になるけどな。

もう他人の尻拭いはやめたい。

右宰相就任も断りたい。

だが、今が勝負時なのだ。ここで徹底的にアーベン公爵の力を削ぎ、イルダネル帝の政権を完全に立て直さなければ。マルトロー砦の事件も可能な限り穏便に、他の少数民族が帝国の支配に不安を覚えないよう決着をつけなくては。

何より、さじ加減を誤れば、後先考えないバルファ族の族長が、騎馬部隊を引き連れて帝国に乗り込んで来かねない。

――頑張れよ、全部アシュリーのためだろう。もう、あの子を狙う人間が現れないように、もう一度この国を塗りつぶしていけばいいいんだ……。

レーニエはため息を吐いた。

今後はケンツェンと平穏に暮らすはずのアシュリーを、平穏の中で守れるような仕組みを作りたい。

彼女を利用しようとする人間が、二度と現れないように。どれが最善の策なのか、考え抜かなければ。

しかし、考え抜く力が今は出てこない。

頭が回らなさすぎて、もう駄目だ。カッテルソルに気が狂うほど細かく文句をつけられながら大量に仕事を捌くのは本当に疲れる。

意識が途切れそうになるたびに、海の夢を見た。

母や祖父母を呑み込んだ海。

覗き込むたびに青くきらめいて、決して底を見せなかった海。

全ての生命は海から来た、海こそは始原の地だと唱えた学者の名を、何と言ったか。

けれどレーニエの海にはどんなに探し回っても生き物がいないのだ。

他の海はもっと豊かで恵みに満ちているはずなのに、レーニエの海には闇と冷たい水しかない。こんな世界で暮らせる生き物など、どこにもいない……。

だから、レーニエはアシュリーを己の海に引っ張り込んだ。

暗い海には、アシュリー以外に温もりを感じるものがない。だから絶対にこの海から逃がしたくなった。けれど……。

――アシュリー、僕は君が描いてくれたような、綺麗に笑う『兄様』じゃないんだよ。死んだ海に住む化け物なんだ。嘘を吐いてごめんね。

アシュリーを、この海に沈めるわけにはいかない。自分はいつか、この海に溺れて消えるだろうけれど。

――アシュリーは明るい場所に行くんだ。君を引きずり込もうとした僕が間違っていた。ごめんね、いつか別の男を、あんなふうに素敵に描ける日が来ますように。

そう祈るだけで、薄っぺらな嘘すらつけない自分が嫌になる。

連れて行きたい。連れて行ってしまえば良いのに。何もないレーニエの海に。

この真っ暗な場所に永遠に二人でいられればそれでいい。

『彼女は一生騙せるよ』

『だから、海の底へ連れておいで』

真っ黒な海がレーニエを誘惑する。全部呑み込んであげるから、アシュリーを連れて一緒においでと。

君たちは、永遠に一緒にいられるのだよ……と。

「レーニエ兄様」

アシュリーの声が聞こえた気がした。

――い、いけない……眠い……多分最後に寝たのは、二日前……しかも仮眠……。

「兄様！」

寝ていないせいだろうか、またしてもアシュリーの声が聞こえる。

「兄様ぁ！」

可愛い声だ。あまりに可愛くて脳が混乱する。幻聴で彼女の声を聞いただけで反射的に目尻が下がるのだから、自分は重症だ。

ここは三階、かつてアインスノアール公爵が使っていた宮殿内の執務室だ。

過去に似たような体験をした記憶があるが、やはり基本的には、窓の外から十八歳の女の子の声が聞こえるなんてありえないのだ。

寝不足で死にかけているのかもしれない。ちょっと仮眠を取ろう。

「兄様、こっちを向いて」

レーニエは幻聴に呼ばれて窓の方を向いた。木の枝にアシュリーの姿が見える。

アインスノアールで迎えた初めての朝と同じだ。

人は人生の最後に一番幸せだった時間を夢に見るという。

もしかしたら今、その夢を見始めているのかもしれない。

――本格的に、駄目だ。やっぱり寝よう……。

そう思ったとき、窓の向こうのアシュリーが言った。

「ごめんなさい、兄様。こんなふうにしなければ顔も合わせてもらえないと思ったの。イルダネルお父様に黙って勝手に宮殿に来てしまったし……門番さんたちは『皇女様お帰りなさい』って言ってくれたけれど、兄様の秘書官の方々は『アインスノアール公爵には、予約がなければお会いできません』ってけんもほろろなのよ」

訳がわからないまま、レーニエは窓を開け、アシュリーに話しかけた。

「まず木から降りて、アシュリー。危ないから……お願いだから降りてくれ」

寝不足で、幻覚を見ているのであってほしい。

「降りたら、本当にお話ししてくださる？」

レーニエは無言で、地面の方へ目をやった。相当な高さだ。

アシュリーが落ちたらどうしようと思うと、猛烈に胃が痛くなった。

今からあの木の下まで駆けつけたとして、万が一にも足を踏み外したとき、間に合うだろうか。受け止められるだろうか……。

アシュリーは高い枝に座ったまま、にっこり笑う。

「待っていて、僕がその木の下に行くから」

「大丈夫よ、兄様。お話ししてくれるなら私も降りるわ」

アシュリーはゆっくりと木を降り始める。だが、途中で手を滑らせた。

「あっ」

「アシュリー……っ！」

レーニエは我を忘れて絶叫し、窓から身を乗り出す。すごい勢いで枠に胸をぶつけ、痛みにはっとなった。やはりこれは現実だ。

頭から地面に落ちそうになり、危うい体勢で身体を支えた瞬間、木の下に立つケンツェンと目が合った。

何もかもを見透かすような強い眼差しに、しばし時間が止まったような気がした。

アシュリーに対して抱いている度を越した愛も執着も未練も、ケンツェンには今の一瞬で悟られてしまったに違いない。レーニエは体勢を立て直し、唇を噛みしめる。

ケンツェンは無言で目を逸らし、木にしがみつくアシュリーを見上げて言った。

「練習どおりにやれば大丈夫だ。上の枝に縄を結んだだろう？　それならば転落は起きない。落ち着いて降りてきなさい」

よく見れば、アシュリーの身体には縄が巻きつけられている。

ケンツェンは特殊部隊の指導官だ。

この状況を落ち着いて見守っているのは、アシュリーに『安全な正しい登り方』を教え、実践させているからに違いない。最愛の娘にそんな技術を教えた理由は……。

――アシュリーがどこかに登ったのだろうな……。それを見て、教えたんだ。

考えるだけで血の気が引く。

レーニエが見ていないところで、アシュリーはどれだけ大冒険を繰り広げたのだろう。

ケンツェンもこんな、心臓が潰れるような思いを味わったのだろうか。

「はぁい、大丈夫よ」

すんでのところで落ちずに助かったレーニエの耳に、アシュリーの間延びした返事が聞こえた。

アシュリーは滑らせた手を伸ばし、別の枝を摑んで再びゆっくりと木を降りていく。

——も、もう……木登りするな、アシュリー。僕の心臓が本当に止まる……。

ずるずると窓枠に崩れ落ちながら、レーニエは身体から飛んでいきそうな心臓を、胸の上から押さえつけた。

——どうして……来たんだ……。お父上の側がどれほど温かいかわかったはずだろう。

そう思った瞬間、涙が滲んだ。

アシュリーはきっともう、レーニエの父が、エリスヴィアとケンツェンに何をしたのか聞いたはず。

二人で過ごした時間には、レーニエがねじ曲げた偽りの信頼しかなかった。

レーニエは『アシュリー想いの優しい兄様』などではなく、『カッテルソルの犬』だ。

綺麗だったはずの人生を、ぐしゃぐしゃに塗りつぶしてしまった男なのだと知られてしまったはずなのに。

◆

アシュリーが『潜伏』を始めて数日後、国境砦が『連絡の行き違い』により、ほぼ一日がら空きとなる事件が起きたらしい。

その報せは、あっという間にアシュリーたちの潜伏先の街にも届いた。

事件の責任を取らされる形で、帝国軍の総責任者であるアーベン公爵が更迭された。

立て続けに起きる大事件を知らせるため、新聞の号外も刷られ、大騒ぎになっていた。

勝手に砦を空にしたバルファ族の族長は『三十年に一度の遠駆けの儀式だ』などと言い訳し、悪意はなかったと嘯いているらしい。

『アーベン公爵には連絡をしたのに、あっちが適切な対応を取らなかった』

『遠駆けの儀式の邪魔をされたので、帝国軍の人間たちを閉じ込めたことは謝罪する』

などというバルファ族の長の言い訳がたびたび新聞に載り、人々の話題を独占していた。

ケンツェンは『帝国軍の管理が甘かった。バルファ族に対し、高圧的に接してきたからこんなことになったのだろう。帝国軍には、少数民族とうまくやっている部隊も多くいる。今回の件は、マルトロー砦の守備隊と親父殿の責任だ』とあっさり言った。

実の父親が政治的な危機に陥っているのに、何とも思わないらしい。

『君を利用して成り上がろうなどと、俺の実の父ながら言語道断だ。俺はアーベン公爵の位など継がずに放棄するし、親父殿の減刑嘆願もしない』

ケンツェンはさばさばした様子だった。

もう、とうに父子の道はわかれているのだろう。

激昂したアーベン公爵が何と抗弁しようと、左宰相カッテルソルは『国境線を放棄させ、放置した罪は重い。業務怠慢に当たる』と激しく糾弾したそうだ。

『さながら熊と蛇の戦いのようであった』

一連の聴聞会を取材した記者は、現場の迫力をそう伝えていた。

——アーベン公爵様が熊で、カッテルソル様が蛇なのでしょうね……。

アシュリーの感想はそれしかなかった。

アーベン公爵更迭の報が流れて数日後、アシュリーたちは帝都に着き、宮殿に向かった。だが、レーニエとの面会はすげなく断られた。

何を言っても『誰も通すなと命じられております』の一点張りで、彼がいそうな場所に忍び込むことすらできなかった。

だから、最終手段として、レーニエがいるはずの執務室の脇の木に登り、彼を呼んだのだ。

ケンツェンは、『危なくないように見ているから、教えたとおりに登りなさい』と言った。

宮殿の木に登った人間は、下手すれば不法侵入者として捕まってしまうが、皇女のアシュリーなら『自宅の木に登った』だけと見做《みな》され、罪には問われないとも教えてくれた。

『俺は、レーニエ殿が、突然やってきた君をどんな顔で迎えるか、この目でしかと確かめたい。もし迷惑そうな素振りを見せたら、そのときは……』

ケンツェンは剣の柄に手をかけて言葉を途切れさせた。父として、譲れない何かを確認したかったようだ。

結果、今のところは、何も言わずに黙っている。いったい何を確認したのだろう。

——木に登るところ、衛兵さんに見つからなくてよかった！　お父様が見張ってくださっていたお陰かも。

秘書官にレーニエの執務室に案内されながら、ケンツェンは真剣な顔で言った。

「レーニエ殿には今以上に出世していただいて、君をアインスノアール公妃として迎えていただくしかない。父親として、生涯責任を取らせねば気が収まらん。俺とエリスヴィア様の大事な娘をいったい何だと……」

ケンツェンはアシュリーの稚拙な策に見事に嵌まり、激怒して、道中ずっと同じ話をしていた。

——人を動かしたいときは、その人が行動したくなるような理由を作る……って、昔兄様に習った『兵法』だけど……お父様、心を傷つけるお話を聞かせてごめんなさい……。

彼は『世界一大事な娘を傷物にされた』と、今も怒りが収まらないようだ。

だがこの方法以外に、ケンツェンに宮殿のレーニエのもとまで連れて行ってもらう方法を思いつかなかった。安全ではないからと決して耳を貸してもらえなかっただろう。

「……確かに、先代アインスノアール公にされたことは……今でも悔しい。だが、過去のことはもう取り返しがつかないし、子供だった彼に償ってもらおうとは思っていない。だが君のことは別だ。君を幸せにできないような男ならば、お父さんはあの男を……」

「大丈夫よ！　心配をかけてごめんなさい」

アシュリーは物騒なことを口走りそうなケンツェンを遮り、にっこり笑ってみせた。

ケンツェンはもしもレーニエが『アシュリーなんて知らない、帰れ』なんて言おうものなら、そのまま剣を抜き、襲いかかりそうな勢いのままだ。

レーニエのいる三階までは、ずいぶんと遠回りしないとたどり着けなかった。かなり警備が厳重だ。

やはりアーベン公爵が帝国軍の一部をけしかけて『皇位請求行動』を起こそうとしたこと、それから、東の国境、マルトロー砦ががら空きにされてしまった事件は、宮殿内にも大変な影響を与えているのだろう。

秘書官が扉を叩くと、返事もないままレーニエが出てきた。わずかに足元がふらついていて、アシュリーは眉をひそめた。

――兄様……お顔が真っ青……。

アシュリーは思わずレーニエに手を差し伸べた。

「兄様、寝ていないの？」

「大丈夫だ。入って……ケンツェン殿もどうぞ」

レーニエは疲労で曇った声で、アシュリーたちを室内に招き入れてくれた。質素な長椅子に座ると、レーニエは疲れ切った顔でお茶の準備を始めた。

「兄様、お茶は要らないわ、座っていて」

アシュリーは慌ててレーニエの背中に飛びつき、長椅子まで手を引いて彼を無理やり座らせた。目の下が真っ黒だ。多分全く寝ていないのだろう。あまりの憔悴《しょうすい》ぶりに、レーニエから受けた冷たい仕打ちも忘れ、胸が痛くなった。

「どうして来たんだ」

レーニエの声音は暗い。アシュリーの強引な訪問に戸惑っていることが伝わってくる。

「どうしてもよ……だって、このままうやむやに、会わないままになりそうだったから」

レーニエのやつれた顔には、苛立ちに似た表情が浮かんでいる。

黙りこくってしまった彼の隣に座ったまま、アシュリーは執務室を見回した。

昔、何度もこの部屋を訪れたことがあるが、あまり変わらない。

ただ、アシュリーがレーニエの目を喜ばせようとして並べたお人形や、綺麗な小物やらもそのままだ。

父帝からは『右宰相候補を訪ねてきた客が驚くから、子供っぽい品をレーニエに下賜するのはやめなさい』と怒られて、しゅんとなったのを覚えている。

だが、レーニエは全て片付けずに、昔のまま、大事に並べてくれていた。そんな些細なことが嬉しくて、どんな顔をしていいのかわからなくなる。

怖い顔で部屋の中を歩き回っていたケンツェンが、ふと、散らかった卓上に置かれた一冊の画帳を取り上げた。

「お父様、それ、私が描いて、兄様にあげた絵なの」

「……そうか」

ケンツェンは表情を変えずに、一枚一枚の絵を確認している。

――絵に興味があるのかしら？　そんなふうには見えないけれど。

不思議に思いつつ、アシュリーはレーニエの顔を見上げる。

レーニエは、ケンツェンが部屋の中を歩き回り、卓上の画帳に触っても、何も言わない。ずっと膝の辺りを見つめて、口をつぐんでいる。

「俺はもういい。大体見たいものは見られた」

画帳を机に戻したケンツェンが、突然そう言った。

「話したいことがあるなら、二人で話しなさい。俺は席を外す」

なぜかケンツェンは静かにそう言って、部屋を出て行った。

――兄様……。

アシュリーは微動だにしないレーニエに、そっと声をかけた。

「会いに来ては駄目だった？」

レーニエは答えない。頭痛を堪えるように額を押さえ、ますます深く俯いてしまった。

こんなふうに心を閉ざすような態度は初めてで、困惑してしまう。

――びっくりさせて、次にほっとさせれば話を聞いてくれる……のよね？

先ほど木に登ったのも、レーニエを驚かせるためだ。彼はとても頭が良くて、アシュリーが口先で頑張っても渡り合えないから。

同じ戦略は何度も使えないとレーニエに習ったけれど、うまくいくだろうか。

そう思いつつ、アシュリーは彼を驚かせる嘘を口にした。

「あのね、赤ちゃんができたかもしれないの」

唐突なアシュリーの言葉に、石のように動かなかったレーニエが、弾かれたように顔を上げた。

「そんなはずはない。君には避妊効果のある薬を呑ませていたんだ。毎朝、君に淹れていたお茶に混ぜて」

彼の顔は蒼白だった。アシュリーの言葉がどれほどの衝撃を与えたのかはっきりわかる。レーニエはこんなふうに、アシュリーの前で取り乱すような人ではなかったのに。

その顔を見て、アシュリーは悟った。

――兄様は、本当の意味では、私をめちゃくちゃにできなかったのね。してくれてもよかったのに。

足入れ婚をして子供を作ろうといいながらも、彼の中には一方的に無理を強いることへの罪悪感があったのだろう。もしアシュリーとの別離の日が来たら、子供はどうするのか、とか……どんなときも、最後には理性が勝ってしまったに違いない。

――薬なんて要らなかったわ。私は兄様になら、どんな思いをさせられてもいいのよ。

そう思いながら、アシュリーは冷静に嘘を重ねた。

「効かなかったのかも」

「君は、そんな身体で……潜伏先からここまで馬車に乗って来たの……」

レーニエの身体が震え始める。

「そう。兄様に会いたかったから」

嘘はこんなに心が痛い。大好きな人に吐く嘘ならなおさらだ。

「兄様は私のことが好き？」

「……ああ」

レーニエがガタガタ震える手を伸ばし、アシュリーを遠慮のない力で抱きしめる。レーニエの身体は異様に冷たかった。

「だけど、そんな話はあとだ。医者を呼ぶから待っていて……頼むからそんな身体で木に登らないでくれ。馬車も駄目だ、今までみたいに自由に歩き回ってはいけないんだよ」

「私も兄様が好きよ」

レーニエが立ち上がらないよう、力いっぱいぎゅっと服を摑んでアシュリーは言った。

「……嘘なの。大丈夫、私は妊娠なんてしていないわ。ごめんなさい。こんな嘘を吐いたら、さすがに兄様も驚いて、隙を見せてくれるかしらと思っただけ。そうしないと、耳を貸してすらくれないでしょう？」

縋り付いたレーニエの震えが、ピタリと止まった。

「何……を……」

アシュリーはレーニエにしがみつく腕を緩め、笑顔で彼を見上げた。

「嘘って、とても苦しいわね。兄様も苦しかったのだろうと思ったわ。だって、私が刺青を入れられたとき、兄様は知っていて見逃したのでしょう。ずうっと嘘を吐いて、黙っていたのよね？」

レーニエの美しい顔に、恐怖の影が差す。

アシュリーは手を伸ばして、影を拭うように、レーニエの冷え切った頬に指を滑らせた。

「メリーアンさんは、刺青なんて知らないと言ったわ。三歳までは、私の身体にはそんなものはなかったって。だから、私が刺青を入れられたのは、兄様と知り合った後なのよ」

レーニエは、形の良い唇を薄く開いたまま、何も言わない。アシュリーは、落ち着いた声で続けた。

「刺青は入れられた後、長い間痛むのよね？　私は騒いだはず、脚の付け根が痛いって。私のことを完璧に管理していたレーニエ兄様が、刺青を入れられたことだけは知らないって、ありえないもの」

アシュリーは手を伸ばし、温度の失せたレーニエの手に、自分の手を重ねた。

「刺青のことをずっと知っていたから、私を抱いたときも驚かなかったし、ここに刺青があるけれど気にしないよって言ってくれたのよね？」

レーニエの手に重ねた指に力を込め、アシュリーはそのまま広い肩にもたれかかる。

「あの刺青があったら、私は傷物だから」

「……そうだよ」

レーニエが掠れた声で答えた。

「おそろいの『禁蝕印』だから、嬉しいと思ってくれた？」

問いを重ねると、レーニエは、疲れたように目を閉じた。

「帝国に踏みにじられた者同士だと思えて、嬉しかったよ。たった二人で同じ世界にいられるような気がして、幸せだった」

アシュリーはレーニエに寄り添ったまま、こくりと頷いた。

「大事な君が、僕と同じくらいの強さで僕を慕ってくれて、嬉しかったんだ」

そう言って、レーニエは疲れたようにため息を吐く。

「君を失わないためなら、どんな嘘でも重ねようと思っていた。完璧な嘘を吐き続けられれば、君はきっと側にいてくれる。そう思うと、いつも苦しかった。だって、バレた先には破滅しかないからね。いつ破滅するのかと思うと、狂いそうなくらい滾ったよ」

レーニエが、アシュリーの掌の下にある手を、ぎゅっと握りしめた。

「アシュリーは僕と一緒にならなくていい。ケンツェン殿と……お父様と一緒に行くんだ。あの人なら君に正しい幸せをくれて、正しく愛せる相手をちゃんと選んでくれる」

アシュリーはレーニエにもたれかかったまま、小さな声で笑った。

「私は誰を愛するかを他人に決められるなんて嫌よ」

「……駄目だ」

レーニエはなかなか落ちてくれない。

やはり彼は、アシュリーのふわふわした『兵法』ですぐに言うことを聞いてくれるほど、甘くはないようだ。

「だって私、兄様に毎日毎日塗りつぶされて、今のアシュリーになったんだもの。兄様以外を食べたら死んでしまう哀れな動物にされたのよ。だから、責任を取って、これからも兄様でお腹をいっぱいにして」

答えないレーニエに、アシュリーはもう一言言った。

「お父様は、過去に戻れてもお母様に恋をするって。互いがどんなに苦しむとわかっていても、またエリスヴィア様を好きになると言ったわ」

掌の中のレーニエの拳が再び震え出す。

「私も同じ。今のアシュリーの記憶を持ったまま三歳の頃に戻れても、兄様だけのアシュリーになるわ。刺青を入れられても、消さずにいる」

言い終えた刹那、レーニエの片腕が伸びてきて、傍らに座るアシュリーの頭をぎゅっと抱き寄せた。

アシュリーはレーニエの肩に額を押しつけ、小さな声で尋ねる。

「……こんなに好きになられたら、兄様だって、とっても苦しいわよね？　重いでしょう?」

「そうだね、苦しい」

レーニエの声は震えていて、けれど、得体の知れない熱を帯びていた。アシュリーの唇に、今まで浮かべたことのないような笑みが浮かぶ。

それは、光の全く差さない水の底から浮かんでくるあぶくのような笑みだった。

——私は、きっと、兄様の海でしか泳げないお魚なの。

そう思いながら、アシュリーはレーニエの匂いを胸いっぱいに吸い込んだ。わずかに、レーニエの身体が温もりを取り戻し始める。

「レーニエ兄様、苦しい思いをさせてごめんなさい。でも私、どうしても兄様でなければ駄目なの。兄様に頭も、心も、身体の奥も、全部塗りつぶしてほしい」

レーニエが膝に置いていた手を上げた。重ねたアシュリーの手を解き、両方の手でしっかりとアシュリーの背を抱き寄せる。

「僕が、塗りつぶしていいの?」

低くてほの暗い声に、甘い幸せが滲んでいる。アシュリーも彼の背中に腕を回し、何度も頷いた。

「ええ。私と一緒になって、あの刺青に毎日口づけをして。私は兄様のものだって、約束して」

「……わかった、毎日する。約束するよ」

レーニエが大きな手で背を優しく撫で、アシュリーの身体をそっと長椅子に押し倒す。

そして片脚を長椅子の背にかけさせ、旅用の質素なドレスの裾をめくり上げた。

「君が、嘘を吐いてまで僕をほしいと思ってくれて……とても嬉しい。嬉しすぎて息が止まりそうなくらいだ」

下着が露わにされ、アシュリーは頬を染める。レーニエの形のいい頭が下腹部へと降りていき、強引に開かせた脚の付け根に口づけた。

「……こんなふうにすればいい？」

音を立てて肌をついばまれ、刺青の辺りを舌先で舐められて、アシュリーの息が淡い官能に曇る。舌先は優しくアシュリーの刺青を愛撫した後、ゆっくりと離れた。

レーニエは顔を上げて、頬を火照らせたアシュリーに微笑みかけた。

「……お揃いの印って、やっぱりいいね」

「ええ！」

アシュリーは脚を背もたれから下ろし、ドレスの裾を直して微笑んだ。

「私、兄様と一緒にいられるなら、どこにでも行くわ。これからもずっと一緒にいる」

そう告げると、レーニエの美しい目に、海のような青い光が揺れた。

「ああ……一緒だよ。一緒になるために、もう少し片付けなければならないことがあるけどね」

アシュリーは素直に頷いた。

レーニエが何をしようとしているのかわからないけれど、構わない。
これからも、ずっと側にいる。それだけが、アシュリーの願いなのだから。

エピローグ

アーベン公爵の更迭後、帝都は更なる驚きに包まれた。

ゲオルグ・カトライト・アーベンと親子関係が断絶していた嫡男ケンツェンが、突如皇帝への面会を申請し、どうしても話したいことがあると、公的な場に姿を現したからだ。

——筋書きどおりに行くといいが。この作戦なら、カッテルソル様は変な横槍を入れてこないはずだけれど。

先日右宰相に就任したばかりのレーニエ・ダルマン・アインスノアールは、ひっそりと目立たぬ位置に陣取り、宮廷の様子を見回していた。

ケンツェンは貴族の正装をすると、別人のような気品をまとう。

普段は気のいい軍人という感じなのに、今の彼からは、アーベン公爵家の嫡男としての風格が醸し出されている。

ケンツェンの隣には、アシュリーが立っていた。

アシュリーが世界一可愛くて美人なのは言うまでもない。

彼女がまとっているのは、レーニエの選んだ、首まで生地が覆っている清楚なドレスだ。髪はメリーアンが結った。常に女帝の美しい髪を整えていたという彼女は、嬉し涙を流しながら『姫様のお式も、私が髪を結いたい』と言っていた。

——アシュリーは、本当に、何を着ても綺麗だな。

しみじみと愛しい姿を眺めながらレーニエは思う。

胸の谷間が見えるドレスを『淑女の正装』などと指定した変態は、過去に遡ってでも処罰したい。アシュリーが着たがったらどうするのだ。

——ん……いや、今気づいたが、このドレスだと、布がぴったりしていて、あの美しい素晴らしい胸が逆に目立ってしまうような……？

かといって、胸を潰す下着は忌まわしすぎて着用させられない。

——アシュリーを、人前に出さないようにするしかない……？　だが彼女はお出かけが好きだし。困ったな……。

『若きアインスノアール公爵』の凛とした表情を保ちつつ、どうしようもないことで悩むレーニエの耳に、ケンツェンの声が届いた。

「小官は、アーベン公爵の地位および領土、俸禄を皇帝陛下に返上し、私の代でカトライト家を断絶させます。父ゲオルグには何の助力もいたしません。また、父を助けられる権力も持ちません……その代わりに、一つだけ私の願いをお聞きいただきたい」

ケンツェンは傍らにいる少女の肩を抱いて、イルダネルにそう告げた。

「イルダネル陛下、長い間、先帝エリスヴィア・ブランジェニア様と、私の間に生まれた娘を『実の娘』としてお守りいただき、ありがとうございました。……この場に、知っている方もおられましょうが、私にはエリスヴィア様との密通を罪に問われ、投獄されていた過去がございます」

知っていた人間は苦い顔や困った顔をし、知らなかった人間は、驚きにざわついた。

そんな中、ケンツェンは平然とイルダネルを見つめたまま、話を続けた。

「第三十三皇女アシュリー殿下は、間違いなく私とエリスヴィア様の娘。力のない私に代わり、陛下は娘をお守りくださった。感謝してもしきれぬ思いでいっぱいです」

そこで、ケンツェンは大きく声を張り上げた。

「エリスヴィア様のご遺言どおり、今後は娘アリスティアを戸籍上私の娘とさせていただき、同時に、皇位継承権にまつわる一切を放棄させます」

更に会場がざわつく。

『アーベン公爵』という政敵が一人消えたカッテルソルは薄い笑みを浮かべ、イルダネルは、やや心配そうな表情だ。

「ですが、それでは亡きエリスヴィア様があまりに浮かばれぬ。亡きエリスヴィア様の娘として、ふさわしい家格のお家に娘が嫁げるよう、改めて皇帝陛下の養女としてお迎えいただきたいのです。どうか、皇帝家に生涯の恭順を誓う我ら父娘に、陛下のお慈悲を賜りたく」

レーニエは、ケンツェンと繰り返した打ち合わせを思い出しつつ、彼の口上を頭の中で再確認した。

——決めたとおりの台詞は、とりあえず全部言い終えたな。

たとえ知られたくない過去を自ら暴くことになっても、全ての真実を明らかにした上で、アシュリーに幸福な結婚をさせたい。それがケンツェンの望みだった。

『アシュリーがレーニエ殿に弄ばれたのかと思い、君を殺そうと思ったが……君の所持品には別の女の存在を匂わせる品はなかったし、アシュリーも、あの子が描いた絵を見る限りは、君を愛しているようだ』

——別の女を匂わせるもの……？　特殊部隊の調査技術でそんなものまで探せるのかな。何を確認したのだろう。……まあいい、僕の周りには、アシュリー以外の女の影なんて皆無だしね……。

ともあれ、アシュリーを犯して捨てた、という誤解をしていたケンツェンは、自らその疑いを解いてくれ、アシュリーとの結婚を許してくれた。

ケンツェンは爵位を放棄し、皇帝家が不安視する全ての要素を捨てる。

その代わり、前王朝の最後の皇女である娘のアリスティアを、皇帝イルダネルの正式な養女に迎えてもらい、皇帝家の娘として、皇女の格にふさわしい家に嫁がせてほしいと請願する。

皇帝は、アリスティアを『絶対に皇帝家に反抗しない、安全な大貴族』であるレーニエに嫁がせ、生涯アリスティアを皇帝家の保護監視下に置くことができる。

ケンツェンが失うものは多いが、彼はそれでいいと言った。

一生分の恋は若き日に燃やし尽くしたので、あとは帝国軍の仕事に打ち込みたいと。

再婚も考えていないので、自分の代でカトライト家は終わっていい。父とはずっと別居していた母も、離婚して生家に戻り、気の合う友人たちと福祉活動や音楽鑑賞に興じたいと言っている……と。

怒り狂っているのは、蟄居を解かれた後で全てを失う元アーベン公爵、ゲオルグ・カトライトだけだ。

だが、ケンツェンは『することがないなら軍で働けばいい、親父殿だってまだ若い』としか言わなかった。愛娘を利用しようとした父親のことは、完全に切り捨てたようだ。

「……わかった」

イルダネル帝の短い答えに、居並ぶ人々がざわつき始める。

「様々な経緯はあったが、アリスティア・ブランジェニアを改めて私の養女に迎え、先日右宰相に就任したアインスノアール公爵に嫁がせよう。帝国の重責を担っていくレーニエの支えとなってくれれば、こんなに喜ばしいことはない」

まっすぐに背を伸ばして佇んでいたアシュリーが、薔薇色に染まった頬でレーニエを振り返る。

レーニエは何も言わずに、アシュリーに微笑み返した。

——人前では、君をアリスティアと呼ばなくてはね。

療養から戻り右宰相に就任した若き公爵と、騒乱の引き金とならないよう、ずっと存在を隠されてきた、前帝の血を引く美貌の皇女の結婚。

突然降って湧いた『華やかな話題』に、宮廷雀《すずめ》たちが騒ぎ出す。これからしばらくは、たくさんの貴族から『お話を聞かせて』の誘いが殺到するだろう。アシュリーが疲れない程度に留めなければ。それに、レーニエも仕事が忙しい。

——愛しているよ、僕のアシュリー。

雲が切れたのか、大広間に差し込む日差しが強くなる。

高窓からの光にきらめくアシュリーの姿は、幸福の絵の具で塗った一幅《いっぷく》の絵画のように美しかった。

◆

アインスノアール公爵との正式な婚約宣言後、アシュリーは彼に伴われて、もう一度アインスノアールに戻ることになった。

急に起きた事件のどさくさにまぎれ、慌ただしく右宰相の位を拝受してしまったが、アインスノアールの領主として、領民に新たな位を授かった報告をしなければいけないらしい。

「……というのは表向きの理由。本当は新婚旅行を兼ねて息抜きをしようと思ったんだ。これからしばらく、本当に身動きが取れないほど忙しくなりそうだから」

優しく笑うレーニエに手を取られ、壮麗な御用船に乗り込みながら、アシュリーはちょっぴり不安な気持ちで尋ねた。

「足入れ婚の続きは？　中途半端に終わってしまったわ。三十夜、アインスノアールの領内で愛し合わなければ有効にならないのでしょう？　帝都で結婚したら、途中まで続けた足入れ婚はどうなってしまうの？」

「ん……？　君はちゃんと自分で調べなかったんだな」

レーニエが形のいい口元をほころばせた。きょとんとなったアシュリーに、レーニエが囁きかける。

「アインスノアールの足入れ婚制度は、百年くらい前にほぼなくなった。帝都流の華やかな結婚式を知って、皆、そっちの方式で結婚したがるようになったからね。今では、男女が互いの合意のもと、夫婦として暮らした場合、一ヶ月後には結婚したものと認められる……という決まりが残っているだけだ」

アシュリーの目が点になる。

全部レーニエの口から出任せなのだ。

彼は、ただアシュリーが欲しくて、抱きたくて、ああ言っただけ。

素直に信じ切って、思い出すのも恥ずかしい『お勉強』を頑張っていたアシュリーのことをどう思っていたのだろう。

「で、では……三十夜愛し合うというのは……あ……」

理解した瞬間、猛烈な恥ずかしさが込み上げてくる。

頑張ればお嫁さんになれると信じ、レーニエに言われたとおりに、恥ずかしすぎる体位にまで取り組んでいた過去の自分を思うと、羞恥で燃え上がりそうだ。

首まで熱く火照らせながら、アシュリーはレーニエの美しい顔をにらみ据えた。

「兄様の意地悪！」

「素直な君も、可愛くて淫らで最高だったけれどね。だけどこれからは、僕の言うことを鵜呑みにせずに、ちゃんと自分で調べないと」

からかうような軽やかな口調に、アシュリーは唇を噛んだ。確かに彼の言うとおりだ。言うとおりだが……。

「調べるけれど……ひどいわ……」

恥ずかしさのあまり茹《ゆ》だってしまいそうだ。真っ赤になったままのアシュリーは、桟橋《さんばし》を渡り終えて船に乗り込んだ。

なんという立派な船だろう。

廊下も広く、ホールには赤い絨毯が敷かれて、どこかの貴族の館のような壮麗さだ。ホールを抜けた廊下の突き当たりには、黒檀の立派な扉が見える。

「この奥が僕たちの船室だよ。ああ、皆、ありがとう。アリスティア様を休ませるから持ち場に戻ってくれ。呼ぶまでは二人きりにして」

レーニエの言葉に、付き従っていた人々が一斉に深々と頭を下げた。

――ここが……船室……。

黒檀の扉の奥には、先ほどのホールよりも更にきらびやかな光景が広がっていた。

レーニエが仕立てさせたアインスノアール行きの船は、皇帝の御座船《ござぶね》にも匹敵する大きさだった。船を動かすには馬車を仕立てる旅の数百倍の費用がかかるのに……。

公爵閣下の船室も、宮殿に引けを取らぬ素晴らしさだ。

シャンデリアがあり、壁紙には金泥《きんでい》が使われているなんて、どれほどのお金がこの船一隻にかかっているのだろう。

そこで不意に、辺りを見回していたアシュリーの身体が、ぎゅっと抱き寄せられた。

「あ……」

きつい抱擁と同時に、腰の辺りに昂りの気配を感じ、アシュリーは頬を染めた。

「だ、駄目よ、兄様、お船の中なのに……」

「人払いをしたよ。皇女殿下にお休みいただく必要があるから誰も来ないようにとね。これは僕の船だ。よほどのことがなければ、誰も夜までこの辺りには近づかない」

「で……でも……」

戸惑うアシュリーを抱く力を込め、レーニエが囁きかけてきた。

「足入れ婚ごっこをしていたときのことを思い出したら、我慢できなくなってきた」

艶やかな低い声が、アシュリーの身体をしっとりと火照らせる。アシュリーは抗うのをやめ、指先をレーニエの腕に重ねた。

「あのときの君がどんなにいやらしくて綺麗で感じやすかったか、全部思い出してしまって、止まらない」

——兄様の匂い……。

耳に優しく口づけられて、アシュリーの身体が甘く疼き出した。

身をよじると、レーニエの腕が緩む。アシュリーはレーニエの方を向き、背伸びをして形の良い唇に接吻をした。

滑らかな唇の感触に、アシュリーの身体の奥がざわざわと騒ぎ出す。ああ、私はまた、兄様の腕の中に帰ってこられたのだと、幸福感と安堵の思いが込み上げてきた。

舌をそっと出して、勇気を出して唇を舐めてみる。レーニエは形の良い顔を傾け、アシュリーの舌に己の舌を絡めて、口の中に差し入れてきた。

「ん……」

口の中がレーニエでいっぱいになって嬉しい。生々しい口づけで、はっきりとレーニエの存在を実感できて、目尻に涙が滲んだ。

「君の味がする、もっと味わっていい？」

レーニエは唇を拭い、アシュリーを寝台に押し倒す。広い寝台に組み敷かれ、アシュリーはほんのりと頬を染めた。

「月のものは十日前に終わったよね」

真顔で聞かれ、アシュリーは恥ずかしさを堪えて頷いた。

――兄様は、私のことに詳しすぎるわ。用意してくださる服だって、下着まで全部ぴったりだし……。どうして私のことをそこまで把握しているのかしら。

「調べないで……」

「どうして？　君が万が一にも妊娠に気づかず馬車に乗ったりしたらどうするの。考えるだけで怖くなる。僕がちゃんと把握しておかないと」

「月のもののことじゃないわ。し、下着の寸法までご存知だし……どうして……」

「愛情ある男は、婚約者の下着の寸法くらい常に把握しているんだよ」

「う、嘘よ……そんなの皆していないと思うわ……」

恥ずかしさのあまり、アシュリーはか細い声でそう答えることしかできなかった。

相変わらずレーニエの愛は濃くて、焦げ付きそうなくらいに煮詰まっている。そしてアシュリーは、そんな濃すぎる愛以外は食べられない女の子になってしまったのだ。

「私は……あのまま兄様に会えなかったら、せめて赤ちゃんがお腹にいればいいのにと思っていたの。だからいないとわかったときは、誰にも言えないけど、一人で残念な気持ちになったわ……」

言い終えた後、余計な一言だったかな……と思い、チラリとレーニエの表情をうかがう。

彼の美しい灰色の目の奥に、きらきらと青い光が浮かんでいた。

彼と顔を寄せ合っていなければ、見ることも叶わない奇跡のような光。晴れた日の美しい海のような輝き。

「子供はもう少し先に考えよう。君をアインスノアール公妃、右宰相夫人として迎えるための結婚式は、皆が腰を抜かすくらい盛大に行わなければ駄目だ」

「え？」

「だから、僕らの可愛い授かり物を待つのはちょっと後回しにしよう。アシュリー、しばらくこれを服用して」

身を起こしたレーニエが取り出したのは、小さな瓶だった。

「避妊薬だよ」

「ど、どうしてお持ちなの、船に乗るのは……ほんの二日の間よね？」

「二日もあるんだよ……君を抱かないでいるのは無理だ」

そう言ってレーニエが瓶の蓋《ふた》を開ける。アシュリーは起き上がって、それを素直に飲み干した。レーニエの手が伸びてきて、アシュリーのドレスにかかる。

きっちりと背中で留められていたドレスがゆっくりと滑り落ち、寝台の上に広がった。

レーニエは、下着姿になったアシュリーの足からドレスを引き抜き、床に投げ捨てる。次に薄く質素な下着を手早く剝ぎ取り、自分のまとっていた服をあっさりと脱ぎ捨てた。

「アシュリー、おそろいの刺青を見せて」

——いきなり……？　もう、兄様ったら……！

裸身を晒したアシュリーは首筋まで真っ赤になりつつも、素直に膝を立て脚を開く。

レーニエに注がれる視線を意識しつつ、危うい場所に入れられた刺青を晒した。

この刺青に『女帝の私生児』の自由恋愛を禁止させる意図があったとしても、もう構わない。もしアシュリーが跡継ぎを産む日が来ても、赤子の頃、嫌がらせで入れられたのだと医者に言い含めれば、見ない振りをして子供を取り上げてくれるだろう。

この刺青は、ただの他人の悪意の痕だ。

これからは愛しい男を誘うための印にすればいい。

「や、やっぱり口づけだけにして……お船の中だし、恥ずかしいわ……」

「……こんな誘い方をしておいて？」

「駄目、兄様。アインスノアールまで我慢して」

頬を染めたアシュリーの身体が、ゆっくりと押し倒される。レーニエは引き締まった口元にうっすら笑みを浮かべ、ほのかにうわずった声で言った。

「レーニエだ」

「兄様……？」

「レーニエと呼んで。僕はもうすぐ君の夫になるんだよ」

万感の思いがこもった声に、アシュリーの目に、うっすらと涙の膜が張る。レーニエがどれほど多くの問題を蹴散らし、一心不乱に償おうとしてくれたのかと思うと、気が遠くなるような思いがした。

「……恥ずかしいわ」

小さな声で抗うと、レーニエが楽しげに言う。

「駄目。今から練習して。間違えたらお仕置きだ」

その言葉が終わると同時に、レーニエの手がアシュリーの膝にかかり、脚を大きく開かせた。

「あ……」

「約束通り、二人で暮らすようになったら、毎晩ここに口づけしてあげる」

アシュリーの脚の間に顔を埋め、レーニエが刺青に接吻した。

唇を離したレーニエは、次に指で蜜口に触れた。

——さ、最近してなかったから恥ずかしい。

『アリスティア』を名乗るようになってからは、レーニエとは離れて宮殿の一室で暮らしている。

久しぶりの淫らな行為に、アシュリーの身体がこわばった。

「い、あ……やだ……あ……」

レーニエの指に触れられていると思うだけで、アシュリーのお腹の奥がじくじくと熱くなり始めた。ぽってりとした秘唇をまさぐり広げる感触に、アシュリーは開かれた足で、思わず敷布を蹴る。

「ああ……兄様ぁ……」

くちゅくちゅと濡れた音を立て、茂みに覆われた場所が暴かれる。

「兄様じゃないと言ったよね？」

レーニエはアシュリーにのしかかったまま、巧みに指先で秘芽を探り当て、そこを執拗に指先で愛撫する。

甲高い声を上げそうになり、アシュリーはレーニエの肩に手をかけ、指に力を込め、縋り付いた。いくら人払いをしたといっても、大声を出さないようにしたい。

だが、懸命に抗うアシュリーをからかうように、指はアシュリーの敏感な場所を執拗に刺激し続けた。

「い、いや……ぁ……言い直すから……あぁっ……」

開いた膝が、視界の端ではっきりわかるほどに震え出す。

「あぁっ、駄目、そんなにしたら……いや……」

「やめてほしかったらどうするの？」

「ん……あ……やめて、レーニエ……」

初めて名前で呼ぶ恥ずかしさと、指先で弄ばれる快感に、アシュリーの奥から熱い蜜がにじみ出てくる。

「何をやめてほしいのか、ちゃんと言いなさい」

「ゆ、指でそこに触るのを……あ……」

約束どおりに名前で呼んだが、彼の動きは止まらない。レーニエの指はひくつく秘裂の縁を何度も行き来して、ゆっくりと奥へと沈み込んでいく。

「ああ、よかった。ちゃんと僕を歓迎して、思い切り食らい付いてくる」

逃れようと身体をよじっても、レーニエの指は繰り返しアシュリーの蜜窟を刺激し、ぬるぬると擦り立てる。

アシュリーは喘ぐように下腹を波打たせ、指が動くたびに短い嬌声を漏らした。

「いや……指で……いっちゃうから……あぁ」

恥ずかしい音を立てて、アシュリーの中がレーニエを貪った。アシュリーは必死に声を抑え、レーニエにしがみついたり、足の指で敷布を摑んだり、圧倒的な快感を必死にやり過ごそうとする。

「んう……う……兄様、これ、いや……」

「だから、兄様じゃないってば」

空いた片手で愛しげにアシュリーの頭を抱き寄せ、レーニエが囁きかけた。

彼の声も、高まり始めた官能の熱でくぐもっている。

「や、あ、あぁ、ん……っ」

指が行き来するたびに、アシュリーは嬌声を嚙み殺す。

ぐずぐずに濡れて、乳嘴を硬く尖らせたアシュリーの様子に、レーニエはひどく満足を覚えたようだ。

粘着質な音を立てて、指がゆっくりと抜かれる。

「僕を兄様と呼ぶ悪い子の中に入って、もっと悪さをしてやる」

レーニエは、力の入らないアシュリーの脚を更に大きく開かせ、反り返るほどに勃《た》った己自身を、ほころびた淫花の中心にゆっくりと押しつける。

――あ……。

圧倒的な力強さに、アシュリーは戸惑い小さく唇を噛む。愛し合うのが久しぶりで、少し不安だったのだ。

「なんでそんなに可愛い顔をするの？　ああ……なんて可愛いんだ、僕のアシュリー……君が欲しくて、どうにかなりそうだ」

言い終わるよりも早く、熱杭がアシュリーの奥に入ってくる。

レーニエしか知らない幸せな身体を押し開かれ、深い場所までゆっくりと貫かれてゆく。

愛する人と結ばれる甘い幸福感に、アシュリーは思わずレーニエの背に手を回し、彼をぎゅっと抱きしめた。

「今日は、こうやってくっついてする？」

肌を合わせたレーニエが、優しく問いかけてくる。

「……っ、うん……ぎゅってして……」

小さく頷くと、わかったと言うように、耳にそっと口づけが返された。

悪戯な指にたっぷり甘やかされて、柔らかくなった身体に、レーニエの重みがのしかかる。

乳房が硬い胸板で潰れ、密着感がより高まった。

アシュリーは口づけをねだり、レーニエの顎に手を添える。

レーニエに唇を奪われると同時に、アシュリーの膣奥を満たしていた熱杭が、焦らすように前後に動き始めた。

アシュリーの濡れた襞が、愛する人のものに無我夢中で絡みつく。

「ん、う……ンッ……」

唇を重ね合ったまま、アシュリーはレーニエの誘いに答えて、必死に腰を揺らした。

――どこもかしこも、兄様でいっぱいだわ……。

これまでに感じたことのない満足感が、アシュリーの胸に込み上げてくる。

レーニエのお勉強で、繰り返し雄を教え込まれた身体は、擦られるたびに蜜を垂らして、もっともっととねだり出す。

抽送のたびにぐちゅぐちゅと淫音が届き、アシュリーの息がますます弾んだ。咥え込んだレーニエの肉杭は鉄のように硬くなり、昂りの形をはっきりとアシュリーに伝える。高まり合う官能に、繋がり合っている場所からますます蜜が溢れた。

レーニエはゆっくりと唇を離し、掠れた声で言う。

「……アシュリー、いっぱい可愛がってあげたいけれど、限界だ」

その声音に滲む強い欲望に、アシュリーの身体の奥をあぶる火が、激しさを増す。

「私、レーニエが、いっぱい欲しい」

答えた刹那、アシュリーをかき抱く腕の力が増した。

「僕の全ては初めから君のものだよ」

再びレーニエがアシュリーの唇を塞ぐ。より深いところを穿たんと、接合部が切なく擦り合わされる。

「ん、んっ、んー……ッ……！」

ギリギリまで高まっていた熱が、アシュリーの身体を翻弄した。アシュリーの蜜路はびくびくとうねり、精をひとしずくも逃したくない、とばかりにレーニエを絞り上げる。

目もくらむような絶頂感に朦朧とするアシュリーの中で、肉杭が剛性を増し、どくどくと脈打った。

「ん……ふ……」

敏感な身体が再び熱くなり、アシュリーは震えながら、再びの極みを味わう。

汗に濡れたレーニエの広い背に縋り付き、アシュリーはうっとりと目を閉じる。

——大好き、兄様……ううん、私のレーニエ……。

熱狂が緩やかに去りゆき、穏やかな幸福感だけがアシュリーを満たす。

身体中でレーニエと一つになったまま、アシュリーはゆったりとした船の揺れに身を任せ、底の見えないレーニエの愛を享受した。

やがて船が海原《うなばら》を滑り出す。

――ああ、嬉しい。私と兄様は一緒、ずっとずっと一緒……。

レーニエの腕の中はとても温かい。船の揺れと相まって、きらめく壮麗な海が、アシュリーの身体を包み込んでくれるかのようだ。

「あのね、レーニエ。私はレーニエといるのが、一番幸せ……」

レーニエはアシュリーを抱く腕に力を込めて、とびきり優しい声で言った。

「僕もだよ。ずっと、君だけが僕の幸せだった」

レーニエの答えに揺らぐことのない深い愛情を感じ、アシュリーは微笑んだ。

あとがき

栢野《かやの》すばると申します。この度は拙著『腹黒策士の溺愛ご隠居計画』を手に取っていただき、本当にありがとうございました。

今回の作品は『引きこもって釣り三昧の宰相候補ヒーロー。彼を呼び戻しにいったかわいいヒロインちゃんがあっという間に言いくるめられて、ペロリと美味しくいただかれる』という企画を採用していただきました。

……本当にありがとうございます。

なぜ私は『引きこもりの釣り人』ヒーローで企画案を出そうと思ったのか。

どこから出てきた案なのか自分でも分かりません。

毎回、企画を作るときはびっくり箱を開けるような気持ちです。

さて、本編のお話ですが、今回は海辺の美しい街が舞台です。

海の側の光景も好きなので、こちらも書けて楽しかったです。

私が育ったのも海の側の街なので、今でも見知らぬ土地で空をみると「ああ、この先に海があるなぁ」と分かることがあります。

海に続いていく空って独特ですよね。スカッと開けているような明るさがあって。

私は海沿いの街に今でも郷愁を感じます。

独特の風情や匂い、潮に焼けた感じの街並みがとても好きです。


『腹黒策士の溺愛ご隠居計画』は、最後まで書いてみたら、アカン感じに壊れた光源氏様が、お勉強（昼）を教えて大事に面倒を見てきた若紫ちゃんを貪り食らうお話になりました。

作者はどこかが壊れた美しい男性が好きなので、書かせていただけて嬉しかったです。

釣りしかしていなかったくせに、ヒロインちゃんがご隠居先にやってきてからは、俄然忙しくなるヒーロー。

大事な皇女様に、夜のお勉強も教えないといけませんからね……。

腹黒優男なレーニエと、素直で誰からも愛されている『第三十三皇女』アシュリーの恋物語、少しでもお楽しみいただければ幸いです。

今回のイラストは、アオイ冬子《ふゆこ》先生にご担当いただきました。

色々なジャンルでご活躍なさっている先生なので、頻繁に書店さんや電子書籍サイトで目にして、『可愛いなぁ、素敵だなぁ……』と思っておりました。

ですので今回お引き受けいただけて、本当に嬉しかったです！

レーニエは格好良く、袖まくり姿は色っぽく、アシュリーはふわふわと可愛らしく描いていただけて夢のようです。本当にありがとうございました。

また、担当編集者様にも大変お世話になりました。毎回勝手に迷宮に入って申し訳ありません……。次回は入りません……。今回の刊行に際して、色々とご助言いただき、本当にありがとうございました。

最後になりましたが、拙著を手に取ってくださった皆様、本当にありがとうございました。また、どこかでお会いできることを祈っております。

ご縁がありましたら、よろしくお願いいたします。

ソーニャ文庫

この本を読んでのご意見・ご感想をお待ちしております。

◆ あて先 ◆

〒101-0051
東京都千代田区神田神保町2-4-7 久月神田ビル
㈱イースト・プレス　ソーニャ文庫編集部
栢野すばる先生／アオイ冬子先生

腹黒策士《はらぐろさくし》の溺愛《できあい》ご隠居計画《いんきょけいかく》

2020年2月3日　第1刷発行

著　　者　栢野《かやの》すばる
イラスト　アオイ冬子《ふゆこ》
装　　丁　imagejack.inc
D T P　松井和彌
編集・発行人　安本千恵子
発 行 所　株式会社イースト・プレス
〒101－0051
東京都千代田区神田神保町2－4－7 久月神田ビル
TEL 03－5213－4700　　FAX 03－5213－4701
印 刷 所　中央精版印刷株式会社

ISBN 978-4-7816-9666-9
定価はカバーに表示してあります。

誰にも渡さない。俺だけの姫様……

大怪我をして政略の駒になれなくなった王妹フェリシアは、兄の腹心でフェリシアの初恋の人、オーウェンと結婚することになる。けれど、彼の献身ぶりは夫というより従者のよう。不本意な結婚を強いてしまったと心を痛め、彼から離れようとするフェリシアだったが……。

『人は獣の恋を知らない』 栢野すばる

イラスト 鈴ノ助